一週間後、あなたを殺します
—Bon Voyage—

幼田ヒロ

GA文庫

カバー・口絵　本文イラスト
あるてら

prologue

プロローグ

「あたしと家族になって！　ミミ先輩！」

狭い事務所の中に突如現れた、背の高い少女が、ミミに満面の笑みを浮かべた。

「えーと、あなたが、コードネーム46、ですか？」

この手のアプローチを受けるのははじめてで、ミミは珍しく戸惑う。

「そう！　シロって呼んで！」

抱き着こうとしてきたシロを、ミミは最小限の動きで避けた。シロは壁にぶつかり、うきゅう、と情けない声を上げる。

ミミは小さくため息を吐いてから、手元の手紙に目を落とした。

デュオからの手紙だった。定期的に届く薄いものではなく、分厚い。

先ほど目を通したばかりだが、今一度、文章を目で追った。

要約するとこうだ。『こちらでは手に負えない問題児の面倒を見てほしい』

事務所の奥、広いテーブルいっぱいに書類を広げていたニイニが、疲れた表情でミミを見つめる。

「ミミ、その子の研修、お願いいな」

「了解」

ニイニは組織にいた時から働きすぎるきらいがあったが、ミミと二人で独立してから、輪をかけて働くようになった。かつて住んでいた家を再現するために、組織にいた時は仕事を詰めに詰めていたのだと思っていたが、どうやら元々ニイニは仕事にのめり込むタイプらしい。今までは組織がある程度仕事量を管理してくれていた。しかし独立したことで歯止めが利《き》かなくなり、昼夜問わず仕事をしている。事務所で寝るのはもはや日常茶飯事。

最初の頃は何度も休んでほしいと頼んだミミだったが、無駄だった。ニイニも殺し屋として訓練を積んできて、自分の体力の上限は把握しているはず。それがニイニの生き方なのだと納得し、以降、口を出さなくなった。

そんな仕事ずくめのニイニに、新たな仕事など任せられない。

そもそも、名指しの依頼だ。手紙のニュアンス的に、ミミでないとダメらしい。

「シロ。どうして私じゃないとダメなんですか？　組織には私以外にも、優秀な殺し屋はたくさんいるはずですが」

「ミミ先輩、覚えてる？　あたしのこと」

質問に答えず、期待に満ちた瞳《ひとみ》でミミを真《ま》っすぐ見つめている。

「覚えてますよ。転入組の子ですよね。私が一〇歳の頃の」

特徴的な白い長髪と、銀色の瞳、右頰《ほお》にある十字架型のアザが特徴的な女の子。転入時点で一二歳。ミミより二つ上。最初から施設にいたからミミのことを先輩と呼んでいるのだろう。

あの頃はミミと同じくらい小さかったのに、四年間で急激に成長したようだ。見たところ身長は一七〇センチ近い。自分の体格とのあまりの違いに、人間とは不思議なものだと感心するミミだった。

「覚えててくれたんだ！　さすがミミ先輩！　他には他には⁉」

「他にも何も、それだけですが」

「むぅ。ま、いっか！」

喜色満面の笑みを浮かべて、再びミミに抱き着こうとしたシロに、ミミは疑問を投げかけた。

「あなたは私に好意を向けてくれているように感じますが、それはなぜでしょう？　記憶によると、私とあなたは顔見知り程度の関係だったはずです」

そう言うと、シロは急にしかめっ面になって、恨みがましくニイニを睨《にら》みつけた。

「そうなの。あたしは、いつも影からミミ先輩を見てただけ。会話すらほとんどしたことない。だって……だって！　コードネーム22が常にミミ先輩の隣にいたんだもん！　ちょっとあたしより転入が早くて、ちょっとあたしより早くミミ先輩に声かけたからって！　むううう」

威嚇するようにニイニに向かってうなり声を上げるシロを、ニイニは一瞥してすぐに書類仕事に戻った。

「コードネーム46、一応ミミはうちのボスだから、言うこと聞くようにな。安心してくれ、二人の邪魔はしないから。見ての通り、忙しくてね。この書類片付けたら、夜中から朝方まで情報収集さ」

どんよりと濁った瞳をギラつかせながら書類を片付けていくニイニを見て、シロはいたたまれなくなり視線を逸らした。

「そういうわけで、私が指導にあたります。デュオからの手紙を読むに、相当駄々をこねたようですね。組織は実力を重視するのに加えて、現在はデュオが舵取りをしているおかげでこのような形になりましたが、本来はペナルティモノですよ」

手紙には、今回の依頼を出した経緯が簡易的に記されていた。

シロは、元々は情報班。その中でもトップクラスの逸材で、隠密魔法だけ見ればミミを僅かに凌ぐほど。そんなシロは、情報班に配属されてからずっと実働班への異動を希望しており、そのために空き時間を使い必死に戦闘訓練に励んできた。

実力を認められ、実働班への異動が決まった直後、ミミが組織から離れることを知ったシロは、大暴《あば》れした。ミミと一緒に仕事ができなければどうなるか分からない、などとゴネまくり、実働班の人間数人がかりでようやく押さえ込んだ。

組織にとって、シロは貴重な人材。手元に置いておきたい組織と、組織を抜けてミミのところへ行こうとするシロ。話し合いの結果、とりあえず実働班の研修をミミのもとで受ける、という流れになったようだった。

「それはだって、ミミ先輩のせいなんだよ⁉」

「私の、ですか？」

「そうだよ！　あたし、ずっとミミ先輩に憧《あこが》れてた。ミミ先輩と一緒に仕事するのが夢だったの。誰《だれ》よりも強くて、優しいミミ先輩と。それなのに、いきなりいなくなるってどういうことなの⁉　事情は知ってるけど、納得できない！　夢が、あたしの生きがいだったのに、急にそれが奪われるなんて、納得できるはずがない！　だからこうやって無理を押し通してここまで来たんだよ！」

シロは、得意げに胸を張った。

ミミにその熱意は伝わった。伝わったが、理解できないことがある。

「あなたの想《おも》いは伝わりました。その憧れに応《こた》えられるかは分かりませんが、尊敬される先輩であり続けられるよう精進します」

「ミミ先輩っ」

感極まった様子のシロがミミに突撃するも、また壁と抱擁を交わすことになった。

「伝わりましたが、理解できないことがあります。最初に言っていた、家族になって、とは一体どういうことでしょうか」

「そのまんまの意味だよぅ。あたしと家族になって！」

赤くなった鼻を押さえながら、にへらと笑う。

「意味が分かりません。今までの話とどう繋《つな》がるのですか」

「簡単だよ。ミミ先輩と一緒に仕事したい。でも今のところ、一緒にいられるのは研修期間だけ。じゃあずっと一緒にいるにはどうすればいいか。そうだ、家族になればいい！　こういうことだよ！　分かった？」

「分かりません」

「なんで⁉」

シロは心の底から分からないとでも言いたげに、驚愕《きょうがく》の表情を浮かべた。口がぱっかんと大きく開いている。

表情が豊かで羨《うらや》ましい、とミミは内心思った。自分もこんな風だったら、ターゲットともっと円滑にコミュニケーションがとれるのに、と。

「話が飛躍しすぎです。そんな簡単に家族にはなれません」

「どうして？　結婚とかすればすぐになれるでしょ？」

「形式上はそうかもしれません。しかし、結婚するには、相手の同意が必要です。この場合、私の意思が重要だということです。私はあなたとの結婚を現時点では望んでいません」

「あたしのこと好きじゃないの⁉」

「好きでも嫌いでもありません。その判断ができるほど、あなたを知りません」

「どうしたら好きになってくれる？　どうしたら家族になれる？」

「どうしたらって」

どうしたら、他人同士が家族になれるんでしょう。

ミミにも分からず、思わずニイニを見やる。

ミミの視線を察したニイニは、書類仕事をこなしながら助け船を出した。

「そうだね、コードネーム46が言う通り、手っ取り早いのは結婚だな。結婚するためには、相手に自分のことを好きになってもらう必要がある。ミミは一目惚《ぼ》れとかしないタイプだろうから、時間をかける必要があるな。すぐには無理だ。それと、結婚以外の方法もある。姉妹になることだ。これはミミと同じく、デュオの養子になることで叶《かな》う。これにはデュオの承諾がいるが、デュオはミミの意思を尊重するだろうから、結局は同じだ」

聞き捨てならないワードが耳に入り、ミミはぴくりと眉《まゆ》を動かす。

「ちょっと待ってください。私と同じく？　私は、デュオの養子なのですか？」

「あれ、知らなかったのか。てっきり聞いてるものだと思ってた。組織員の戸籍等は全部捏造されたもので、適当に、書類上の家族関係が構築されてるんだ。普通は、存在していない人間とか、死んだことを知られていない人間のものを使うんだけど、なぜかミミはデュオの養子ってことになってるんだよな。ボス案件を調べてた時に、偶然知ったんだ」

「なぜ、なんでしょう」

「さぁ。そんなことする必要はないと思うんだけど。こればっかりはデュオ本人に訊いてみないと分からないよね」

意味があるようにも思えるし、ないようにも思える。昔からよく世話をしてくれたことと、何か関係があるのだろうか。

書類上では、デュオはミミの義父。

よく分からない感情が湧《わ》き上がってくる。デュオに理由を訊けば、この感情に名前を付けることができるのだろうか。

今すぐ訊きに行きたい、そんな欲求に駆られそうになったところで、シロが勢い良く視界の中央に入ってきた。

「ミミ先輩は、結婚か姉妹か、どっちがいい⁉　あたしはどっちでもいいよ！」

シロの無邪気な笑顔のおかげで、ミミは冷静になった。何もわざわざ会いに行く必要はない。手紙で訊けばいいだけの話だ。

「どちらかといえば、姉妹の方がしっくりくるかもしれません」

「じゃあそっちで！　コードネーム22は時間がかかるって言ってたけど、ミミ先輩、あたしを好きになるのにどれくらい時間かかりそう？」

「それは私にも分かりません。単に時間をかければいいというわけでもないでしょうし。先に言っておきますが、じゃあどうすればいいの？　という質問には答えられませんからね」

「えー。がんばるしかないってこと？」

「そういうことになりますね」

「分かった！　あたし、がんばるね！」

大きく手を広げて突進してきたシロを、ミミは跳躍して避ける。その勢いのまま、天井《てんじょう》の出っ張りに足を引っかけて逆さ吊りになった。

「具体的にこれからの話をしましょうか。研修期間は半年。その間に、実働班としての仕事を叩《たた》き込《こ》みます。組織のテンプレートではなく、私流の仕事を教えます。空き時間は、私が戦闘の稽古をつけます」

「ミミ先輩の色に染められちゃうってことだね！」

シロはそう言いながら、ミミの猫耳フードに手を伸ばした。ミミが上半身を丸めたため触ることができず、分かりやすく頬を膨らませる。

「言っておきますが、私は厳しいですよ。覚悟しておいてください」

「ぜーんぜん平気！　ミミ先輩に教えてもらえるなら、どれだけ厳しくっても！」

情報班から実働班への異動は、並大抵の努力では成し得ない。根性はありそうだった。

「シロは隠密魔法に長けているそうですね。最初のうちはターゲット含む、周りの人間全《すべ》てに気取られぬよう、姿を消しながら私の仕事を見ていてください」

「そんなぁ！　ミミ先輩とお話ししたい！」

「任務が終わったらいくらでも話してあげます。我慢してください」

「はーい」

シロは不貞腐れながら、今度はミミの尻尾紐《しっぽひも》を引っ張ろうとした。ミミは振り子のように身体を後ろへ反らせ、流れるように足を離して、事務所の入り口付近に着地する。

「それと、ほとんどの仕事は私がやりますが、一部、情報班や処理班としての仕事をしていただきます。ニイニへの定期連絡や、遺体や現場の処理等ですね」

シロは、どこかシスター服を思わせる改造を、任務服に施している。改造任務服は実力者である証し。他の仕事もそつなくこなしてくれるだろうとミミは踏んでいた。

「了解しましたー」

どうあってもミミが触らせてくれないことを悟ったシロは、テーブルの端、唯一書類が置かれていないスペースに突っ伏しながら、気だるげに返事をした。

「では、早速任務へ向かいましょうか。ニイニ、ターゲットの情報は」

「まとめてあるよ」

ニイニは魔法で、テーブルの上に積み重なっていた書類の中から、数枚の紙をミミのもとまで飛ばす。

それを受け取り、一瞬で目を通したミミは、シロにその紙を渡した。

「何か無駄な情報、すっごく多いね。なんでなの？　ターゲットの生い立ちとか把握しておく必要なんてあるの？」

「あるんです。私にとっては。仕事を見ていれば分かりますよ。もう情報は頭に入れましたね？　これより五分以内に準備を整え、この建物の入り口に隠密魔法を使った状態で待機しているように。それでは後ほど」

ミミが姿を消したのを見て、シロは大きなため息を吐いた。

「ねぇ、コードネーム22。ミミ先輩、ちょっと冷たくないかな？」

「そうか？　いつもあんな感じだと思うけど。むしろ、その逆だよ。ミミはコードネーム46のことを好意的に受け入れようとしているように、僕には見える」

「それ本当⁉」

「本当だ。じゃなきゃ、あんなに面倒を見ようとしないよ。ミミとはそこそこ長い付き合いだから分かるんだ」

「何かそれムカつく。あたしだって、これから長い付き合いになるんだから！」

「ぜひ付き合ってあげてくれ。僕の妹分のこと、よろしく頼むよ」

書類から顔を上げたニイニは、シロに穏やかな微笑みを向けた。

シロは目を丸くして、ニイニの顔を見返した。

「コードネーム22が、ミミ先輩のお兄さんなら、あたしがミミ先輩の妹になったら、あたしのお兄さんでもあるってこと？」

「お兄さん的存在、かな」

「ふーん。そうなんだ。何か変な感じ」

「そこまで意識しなくていいと思うよ」

「じゃあ、あたしも今から、コードネーム22のこと、ニイニって呼んだ方がいいかな？」

「組織にいた頃なら、ダメって言ってたかもしれない。呼び方なんて何でもいいよ」

「あっそ。じゃあ好きにする。ってもうすぐ五分経《た》っちゃう。じゃあね、ニイニ」

「行ってらっしゃい、シロ」

気恥ずかしそうに首筋をかいたシロは、ニイニに背を向けて事務所から出て行った。

ニイニは一息吐いて、席を立つ。すぐ隣の部屋に行き、休憩がてらコーヒーを淹れながら、建物の外を眺めた。

ミミはきっと、まだ孤独を抱えている。自分では埋められない部分がある。

そう感じていたニイニは、密かにシロに期待を寄せるのだった。

第一章 余命一週間の少年

DAY1

「一週間後、あなたを殺します」

昼下がりの、寂《さび》れた小さな病院。その一室に、ミミの無機質な声が響く。

「誰《だれ》、君？」

この病室には、線の細い少年しかいなかった。ベッドの中で上半身を起こし、一心不乱にスケッチブックに鉛筆を走らせている。ミミの方を見向きもしない。

「殺し屋です。コードネーム33、ミミです」

「殺し屋。そうなんだ。どうせぼく、もうすぐ病気で死ぬからいつでもどうぞ。あ、やっぱりこれ描き終わった後にして」

すぐに死ぬことは、ミミにも一目で分かった。死相が顔に出ていたからだ。

「安心してください。今日から一週間は殺しませんから」

「話しかけるの後にして」

急に会話を打ち切った少年は、鉛筆をカッターで削ってから、またスケッチブックを手に取った。

手持ち無沙汰になったミミは、病室の隅に積み上がったスケッチブックの一つを開く。

様々なモチーフを用いた絵が、びっしりと描き込まれていた。

普通のスケッチもあれば、この世のものとは思えない抽象画もあり、窓から見下ろしながら描いたであろう人物たちもいれば、病院食もある。

そんな雑多な絵の中に、何度も繰り返し登場するモチーフがあった。

蝶だ。形も色も違う蝶たちが、定期的に登場していた。スケッチブックの山の中に、蝶の図鑑がいくつか紛れ込んでいるのを見るに、蝶が好きなのかもしれない。

どのページにも、律儀にサインが入れられていた。

ミシェル・アルベール。それが彼の名前。

ミミはミシェルが描き上げるまで、ひたすらスケッチブックに目を通した。

魅力的な絵だ。そう思った。

基本技術が下地にあることが伝わりつつ、自分なりに崩し、個性を出している。

ミミはある程度、描写の技術を身に付けているが、正確に描き写すだけで、『作品』を生み出すことはできない。

特に蝶。羽の模様の緻密さは目を瞠《みは》るものがある。オリジナルと思われるものについては、その模様だけで美術的価値がありそうなほど美しい。

また、黒鉛一色しか使っていないのに、線の太さ、描き方で、細かな濃淡が表現されており、カラフルに見える。

「描き終わった。もういいよ。ぼくを殺すんだっけ」

スケッチブックを膝《ひざ》の上に置いた。そこではじめて、ミミの方を見た。

「殺しますが、今すぐではありません。今日より一週間後です」

ミシェルは、長い前髪の隙間《すきま》から、翠色の瞳《ひとみ》でミミをまじまじと観察する。

「変わった恰好をしているね、君。猫、かな。でも猫の仮装にしては雑だね」

「猫の仮装ではありません。ただのファッションです」

「怪しいね。殺し屋だし、殺しに役立つ何かじゃない？」

「素晴らしい洞察力ですね。その通りです」

「まあ、どうでもいいか。どうせすぐ死ぬんだし」

「先ほども言いましたが、まだ一週間、猶予があります」

「ああ、何か言ってたね。君の恰好がおかしくて、見入っちゃってたよ。一週間あったって、何もできないし、何も変わらない。気が向いた時にでも殺したらいい」

ミシェルはスケッチブックを、ベッドのすぐ横にある小さなテーブルに置いてから、掛け布団《ぶとん》を被って横になった。

「できることは、あると思います。何かしたいこと、思い残したことはありませんか？　私でよければ、お手伝いさせていただきたいです」

「ぼくはもう寝る。邪魔しないで」

「了解」

早くも寝息を立て始めたミシェルを起こさないように、ミミは音を立てないよう、積み重なったスケッチブックの山に手を伸ばした。

四時間くらい経《た》っただろうか。浅い眠りから覚醒《かくせい》したミシェルは、激しく咳き込みはじめた。あまりに苦しそうだったため、ミミはすぐに駆け寄り、その背をさする。

「看護師さんを呼んできましょうか」

「げほ、ごほっ！　い、いい。どうせ、来ない」

ミミにもそれが分かっていたため、波が引くまで、ミシェルに寄り添った。

「お水、どうぞ」

「ありがとう」

ミミが差し出したコップを、ミシェルは素直に受け取って飲んだ。

この病院の経営は、ほぼ破綻している。患者の人数に対して、医療従事者の人数が少なすぎる。その上、患者のほとんどが重病で、医療従事者たちにはやる気がみられない。この病院にいる全《すべ》ての者が諦《あきら》めている。まともに機能しているのは配膳だけ。

お見舞いに来る人は、一人もいない。そんな場所だった。

「何かお薬は必要でしょうか。私がもらってきます」

「手遅れなんだってさ。頓服薬すら効かない。回復魔法も役に立たない。いつ死んでもおかしくないって。もう、ただ、終わるだけなんだ。ぼくは。だから、いつでも殺していいって言ってるんだよ」

「本当に、いつでもいいんですね？　やりたいことは、ないんですね？」

ミミはじぃっと、ミシェルの手を見つめた。その手は今まさに、スケッチブックを摑《つか》もうとしている。

「別に、ただ暇だから描いてるだけ。別に、やりたいことってわけじゃない」

そう言いながら、やせ細った手で、一心不乱に鉛筆を振るいはじめた。

こうなると、もう会話は難しくなる。それを察したミミは、スケッチブックが積み重なっている場所の対角線上の、裏返しにされたカンバスがいくつかある場所へ向かった。

「触るな。それに」

カンバスに手をかけたところで、鋭い声が飛んできた。

「見てはダメですか」

「ダメだ。スケッチブックならいい。ただの落書きだから」

落書きなら見られてもいい。ということは、カンバスの絵は、落書きではなく、本気で描いた『作品』ということだろうか。

普通は逆ではないか、とミミは思った。落書きより、本気で描いた方を見られる方がいいはずだ。ミミからすれば、ミシェルが落書きと評する絵も、作品であることに変わりはないのだけれど。

「分かりました」

ミミは一旦《いったん》諦めて、スケッチブックの山へ向かう。

それ以降は、ただ鉛筆が紙の上を滑る音と、紙がめくれる音だけが、病室に響いた。

ＤＡＹ２

朝の配膳が終わった後、隠密魔法を解除したミミは、今日もスケッチブックの山へ。

既に描きはじめていたミシェルだったが、急に手を止めると、ミミに声をかけた。

「飽きた。君、絵のモデルになってくれないか」

ミミは二つ返事で了承しようとした。が、開きかけていた口を閉じ、一考する。

ターゲットがしたいことに協力する。であるならば、ただ要求に従えばいい。

でも、それでは先に進めない。表面的な欲求を叶《かな》えるだけでは、心の奥底にある、本当の欲求には辿《たど》り着けない。

「いいですが、条件があります」

「なに？」

「そこのカンバスの絵、見せてもらえませんか」

ミシェルは明らかに嫌そうな顔をした。

数秒間、小さく呻きながら目を瞑った後、大きく息を吐いた。

「分かったよ。その条件、呑もう。好きにしてくれ」

ミミをモデルに絵を描きたい。そちらの欲求の方が勝ったようだった。

「ありがとうございます。先に絵を描いてください。カンバスを見るのは、その後でいいです。ポーズはどうしましょうか。服はどうしましょう。脱いだ方がいいですか？　全部は難しいですが……」

自身のマントを摑んだミミを見て、ミシェルは慌てて大声を出した。

「い、いいって、脱がなくても！　そ、そのままでいい。ポーズも、君が楽でいられるやつでいい。結構長い間、ジッとしていてもらうことになるから」

「どのような体勢でも、私は長時間止まっていられます。そういう訓練は積んできています」

「それが楽ってわけじゃないでしょ？　楽なのでいいんだよ。疲れないやつで」

「了解」

ミミは、ミシェルの正面の壁まで移動し、腕を組みながら背中を預けた。

「それでいいの？　イスあるんだけど」

「いいんですこれで。仮眠をとる時はこんな感じなので」

「君がそれでいいなら、いいんだけど」

ミシェルは手早く鉛筆や消しゴム等を用意すると、真剣な眼差《まなざ》しでミミを見つめた。

昼の配膳の時間まで、ミミは微動だにしなかった。

「そろそろご飯の時間ですね。一時的に姿を消します。続きは食事の後で」

「君、瞬きしてる？　ずっと目を開けていたように見えたんだけど」

「してますよ。描きやすいように、意識的に瞬きを速めました。あなたが認識できない速度だったので、瞬きをしていないように見えたのでしょうね」

「すごいね。引き続きよろしく」

「はい。では後ほど」

ミミの驚異的な能力に驚きつつ、こんなに良いモデルはいないと心の中で喜びながら、ミシェルは一度鉛筆を置いた。


昼ご飯を食べた後、ミシェルは休み休みミミを描いた。病気のせいか、長時間描き続けることができないようだった。咳き込みながら、震えながら、頭を押さえながらも、手を動かす。

どうしてそこまでして絵を描くのか。

何度もそう尋ねたくなるのを、ミミは我慢した。きっと今訊いても、答えてはくれないだろうと感じたから。

ミシェルが仮眠をとっている間、ミミはカンバスの絵を眺めていた。

鉛筆でも色を表現していたが、本物の色、つまり絵具を用いた絵は圧巻だった。

一枚目。黒色しか使っていないはずなのに、舞い踊る蝶のどれをとっても、同じ黒ではない。

二枚目。白い大きな蝶がカンバスの大半を占めている。光り輝いて見えて、思わず目を細めてしまうほど。

三枚目。カンバスの下半分が暖色系の花畑、上半分が寒色系の蝶たち。表現された立体感ゆえに、手を伸ばしてしまいそうになった。

四枚目も五枚目も、美術館に飾ってあっても遜色のないくらい、素晴らしい絵画だった。

「起きた。また絵のモデル、お願い」

仮眠から目覚めてすぐ、ミシェルは鉛筆を握る。

「あなたは、この絵を売ろうとは思わないのですか。買いたい人、きっとたくさんいますよ」

「売らない」

「それはなぜですか？　画家としての信条ですか？」

「違う。ぼくは、絵で幸せになっちゃいけない人間なんだ」

ミミと目を合わせず、虚空を強く睨《にら》みながらそう言う。まるで、自分自身にそう言い聞かせているようだった。

「そんなに、絵を描くことが好きなのに？」

「別に好きじゃない。ただやらなくちゃいけないだけだ。生きている限り、描き続けないと」

ミシェルの目が、早くモデルをやれと告げている。

ミミはそれ以上質問することを諦め、壁に背を預けた。


夜の配膳のタイミングで、ミミはモデルの仕事を終えた。

「見せてもらっていいですか」

「いいよ」

ミシェルが食事を摂っている間に、今日の成果物を確認する。

繊細な線で描写された自分。全身のスケッチや、部位ごとに細かく描かれているものまで、ずらりとスケッチブック内に並んでいた。

骨格や筋肉の付き方まで見て分かる。自己分析に使えそうだった。

ミシェルが食事を終え、ベッドに横たわったところで、ミミは姿を現す。

「私にとって有用なスケッチでした。今後の訓練に役立ちそうです」

「そんな感想、はじめてもらったよ。モデルをしてくれて助かった。たまには何か違ったものを描かないとね」

「お役に立てて何よりです。明日もしましょうか？」

「いい。もう満足したから」

ミシェルは布団《ふとん》を被り、会話を打ち切った。

描くことだけ行い、後の時間は静養している。

ミシェルにとって、絵を描くことは生きがいなのではないかと、ミミは感じていた。でなければ、こんなに上手《うま》くなれない。彼はまだ一六だ。きっと、幼い頃からずっと描き続けてきたに違いない。

ミミはカンバスと、積まれているスケッチブックをいくつか抱えて病室を出た。

探知魔法をかけようと魔力を練りはじめたところで、ミミは思い出した。そうする必要がないことを。

「シロ。私は明日の午前まで外出します。見張り、頼みましたよ。引き続き姿を隠したまままだターゲットと接触するのは禁止です」

「はぁい」

常人には聞き取れないほど小さな声でやりとりをする。

優秀な部下がいると助かりますね、と言い残してから、ミミは暮れ行く街へ消えていった。

DAY3

「おはようございます」

「もう昼過ぎだよ」

病室の入り口付近に現れたミミに、ミシェルは手元のスケッチブックから目を離さず、そう指摘する。

「寝坊しました」

「そうなんだ」

ミシェルは、さして興味なさげにそう言った。ミミが任務服ではなく、街娘の恰好をしていることにも言及がなかった。

絵に関する話以外はしない。そんな距離感が出来上がりつつあった。

ミミは無理に話そうとせず、スケッチブックの山に近づいていった。量が多く、まだまだ目を通しきることができていないためだ。

「ところで、ぼくのカンバスは、どこにいったの」

「ギクリ」

ミミはわざとらしくそう口に出し、肩を上げた。

「ふざけないで。見せるとは言ったけど、持ち出していいとは言っていない」

漆黒の髪を振り乱して、ミシェルは怒りをあらわにする。

「実はですね――」

ミミが答えようとした、まさにその時。

「あのー、こちらで合ってますかね？」

口ひげを蓄えた紳士が、ひょっこりと病室に顔を出した。

「合ってますよ。ベッドにいらっしゃるのが、画家のアルベール氏です」

「おお！　アルベールさん、はじめまして。画商のエイドリアンと申します。出展されていたあなたの絵画に、わたくし、心打たれました。わたくしと契約しませんか？　必ずやあなたの才能を、この国に広げてみせます！」

情熱的にそう語る画商に、ミシェルは目を白黒させる。

「これは、どういうことなんだ？」

「あなたの絵が、認められたのです。ここであなたが契約を結べば、もっと広く認められることでしょう」

「…………」

ミシェルは無言のまま、ミミを見つめる。

変化しない状況の中、いくつもの足音が近づいてきた。

「ミシェル・アルベール殿はこちらかな？」

「待て、私が先だ！」

画商と思われる人物たちが、続々と病室に集まってくる。

ミミの仕業だった。ミシェルのカンバスと、スケッチブックの中から印象的なものを数点、展覧会に紛れ込ませたのだ。もちろん、作者名と連絡先を記載して。

動かない二人をよそに、病室はどんどん騒がしくなっていく。積み上がったスケッチブックを手に取る者が現れると、更に熱量が上がっていった。

「――け」

ミシェルが何事かを発したため、皆は口をつぐむ。

「何とおっしゃいましたかな」

「出て行け」

「えー、と」

「全員、ここから出て行け！　げほっ！　ぼ、ぼくは！　誰にも、絵を売るつもりはない！」

静まり返る病室の中で、来訪者たちから困惑した目を向けられたミミは、腰を折って大きく頭を下げた。

「わざわざ来ていただいたのに申し訳ございません。そういうことですので、お引き取りください」

各々不満を口にしながらも、ぞろぞろと連れ立って病室を後にした。

ミミは咳き込みはじめたミシェルの背に手を当てながら、水や、気休めのトローチを渡す。

「余計なことをしたね、君」

「余計なことだったのでしょうか」

「そうだよ。言ったじゃないか、ぼくは、絵で幸せになっちゃいけないんだって。認められちゃいけないし、お金ももらっちゃダメなんだ」

「あなたは、絵で幸せに『なりたくない』ではなく、『なっちゃいけない』と言いますね。心の中では、望んでいるのではありませんか？　絵を認めてもらいたいと」

ミシェルは、大きく深呼吸してから、傍《かたわ》らに立つミミを睨めつけた。

「なぜそんなにぼくの心を暴《あば》こうとする。迷惑だ」

「このままでは、後悔を抱えたまま旅立ってしまうと感じたからです」

ミシェルの鋭い目を、真《ま》っすぐ見返すミミ。

「それの何がいけない。ぼくは心も体も苦しんだまま死にたい」

「嘘《うそ》は吐いていませんか。それは、真《まこと》の言葉ですか」

「吐いていないさ」

「分かりました。では方針を変えます。これは、私のエゴなんです。私があなたの後悔を、いくらか取り除きたいから、あなたの後悔が知りたい。閉じ込めている願いを知りたい。これじゃいけませんか」

「いけないに決まってる。意味不明だ。君はぼくを殺しにきたんだろう。そんなことをしたい理由が一片たりとも理解できない」

「私の趣味が人助けだからです」

「ますます意味が分からない」

「意味が分からなくてもいいです。なぜそこまで絵が認められることを拒否するのですか？

絵を描くことが好きなことを認められないいんですか？　教えてください」

「もう君とは話したくない」

ミシェルはミミに背を向けて、頭から布団を被る。先ほどの騒動の疲れから、ミシェルはすぐに寝入った。

ミミも、ミシェルに合わせて仮眠をとることにした。

あともう一押し。そんな予感があった。

周期的に、今日は満月。きっとこの病室にも月明かりが差すだろう。

ミミは頭の中で、今夜とるべき行動のイメージを固めてから、脳を休めた。

DAY4

ミシェルが朝食を食べ終わったところで、ミミは天井《てんじょう》から現れた。

「おはようございます」

「もう君とは話さないと言ったはずだけど」

「話さなくてもいいです。その代わり、私の絵を見てくれませんか？」

「君の絵を？」

ミミは見逃さなかった。ミシェルの指先がピクリと動いたことを。

「そうです。私も任務のために絵を嗜んでおりまして。率直な感想や、アドバイスをいただけたら嬉しいです。結構、自信あるんですよ」

ミミの最後の言葉が耳に入った瞬間、瞳に力が入ったミシェルは、差し出されたスケッチブックを受け取った。

しばらく無言で鑑賞。一〇点ほどあるミミの絵を全て見終わったミシェルは、もう一度、頭からじっくりと目を通す。

「どうでしょう」

「他人の絵を見て感想を言うだなんて久しぶりだ。そうだね。技術はある。上手いよ。ぼくから見ても、惚《ほ》れ惚《ぼ》れする線がいくつかある。写実的な絵だ。あまりにも、ありのままだ。正確すぎて怖くなるほど。ぼくにはこんな絵、描けないな。君の絵こそ評価されるべきだ。写実主義が好きな人たちなら喜んで高値で買うはず」

絶賛だった。任務のために磨いてきた技術が、まさかこんなに褒められるなんて。

「高く評価していただき、ありがとうございます。任務のための情報収集の際、描写の技術を活用しなければならない場合があり、幼少期より鍛錬に励んできました」

「そうか。君も、幼い頃から絵を描いてきたんだね」

「あなたも、幼い頃から？」

ミシェルは、ミミのスケッチブックを膝の上に置き、自身の指を触りながら、遠い目をする。

「うん。ぼくは昔から身体が弱くて、ほとんど外で遊んだ記憶がないんだ。あるのは、熱にうなされながらも描き続けた記憶だけ。物心ついた頃から、絵を描いていた。うちは貧乏ってわけじゃなかったんだけど、両親はあんまりぼくに興味がなくて、おもちゃとか買ってもらえなかった。仕方なく家にあった、鉛筆と紙で、絵を描いて遊んでた。それしかなかったし、それだけで良かった。でも、結局は一人遊びだったから、物足りなさみたいなものを感じてた。誰かと共有したかった、んだと思う」

「絵描き友達は作らなかったんですか？」

「ぼくが住んでいた地域は、芸術が盛んじゃなくてね。そんなものより、お金を稼げることを学べって言われてて、学校じゃ、絵なんて描いてるのはぼくくらいのものだった」

画家として食べていくことは難しいというのは、ミミも知識として知っていた。絵描きとして生きていけるのはほんの一部の人間だけ。悠々自適に絵を描いていられるのは富裕層の子どもたちだけで、その他多くの家庭は、子どもたちが将来、自分の力で生きていけるような教育を施す。

「画塾等に通うのは難しかったのですか」

地域や学校で仲間が見つからなければ、その外ならあるいは、とミミは考えた。

「画塾はね、うちの地域に一つだけあったんだ。当然、行かせてほしいって頼んだ。まぁ、無理だよね。興味のないぼくなんかに、そんなお金は払えない。行きたかった。すごく、行きたかった。尊敬する画家が先生をやっていたから。でも諦めた。だからぼくは、独学でずっとやってきた」

「独学でも関係ありませんでしたね。あなたの絵は、画商のお眼鏡《めがね》にかないましたから」

ミミがそう言うと、嫌なことを思い出したかのように、ミシェルは顔をしかめた。

「やってくれたよね、君。また気分が悪くなってきた」

「ごめんなさい。勝手なことをして。私、あなたの絵が気に入ったんです。もっと多くの人に見てもらいたくて、つい」

これはミミの本心でもあった。だからこそ、ミミの声音に、これまでと違う、僅かな熱がこもっており、それをミシェルは感じ取る。

「それは、君の都合だろ。もうこの話はやめだ。それより絵のことを話したい。アドバイスだっけ？　正直、このままの画風でいくのなら、ぼくから言えることは少ないんだけど、殻を破りたいとか、他のジャンルに挑戦したいなら話は別だ。ぼくが思うに、君は抽象画も向いていると思う。描くとするなら――」

それから、ミミはミシェルの絵画講習を受けた。小休憩を挟みながら、実演しながら、ミシェルは活き活きと絵について語り、ミミはそれを吸収していく。

講習の最後での作品制作では、ミミは生まれてはじめて、抽象画を描き上げた。

「うん。いいね。やっぱりぼくの勘は当たった。感じるものがある。君、言葉で自分の感情を表すのが、そこまで上手じゃないんじゃない？」

「その通りです」

「伝わってくるよ。この絵から。ここには君の複雑で切実な想《おも》いが込められている」

ミシェルは夜の配膳まで、ミミの絵を眺め続けた。


「今日はありがとうございました。有意義な時間を過ごせました」

「こちらこそ。悪くない時間だった」

就寝前。鉛筆とスケッチブックを枕元《まくらもと》に置いたミシェルに、ミミはお礼を言う。

「寝る前に一つ、訊いておきたいことがあるのですが」

「なに？」

「あなたには、絵描き仲間がいたんですよね。その方のお話を聞きたくて」

「なんで、そう思った？」

「他人の絵を見て感想を言うだなんて久しぶりだ、って言ってましたよね。あなたはかつて、誰かと互いの絵について感想を言い合っていたのではありませんか？」

ミミはてっきり、また話したくない、と言われるかと思った。そう言われる覚悟をしていた。

「今日は疲れたから、明日、その話をしてあげる。おやすみ」

いたのだった。

ミミは、今日ミシェルに教えてもらった技法を使って、いくつか絵を描いてから、眠りについた。

ミシェルはあっさりとそう言い、目を閉じた。

「おやすみなさい」

DAY5

午前中、ミシェルは、ミミが深夜描いていた絵の講評をして過ごした。

ミミの吸収力は凄《すさ》まじく、指摘された部分は必ず次の絵で改善されている。

「君、殺し屋をやめて画家になる気はない？」

「ないです」

「残念だ。高名な先生のもとで習えば、もっと上手くなって、有名な画家になっていたかもしれないのに」

「それはあなたにも言えることです」

「いや。ぼくはダメだ」

ミミは否定の言葉が口から出かかったが、思い直して別の言葉にする。

「昨日のお話、覚えていますか？」

「絵描き仲間のことだよね。ぼくの、ただ一人の友達」

ミシェルは楽にしゃべるためか、起こしていた上半身をベッドに横たえた。

「聞かせて、もらえませんか」

「そもそも君は、知ってるんじゃないのか？　ぼくの罪を。だから殺しにきたんだろう？」

「事実しか、私は知りません。知り得ません。あなたを殺す私は、その事実の詳細や、事実の裏にある想いを、知らなければならないんです」

普段、ここまで直接的には伝えないミミだったが、ミシェルなら、こういう言い方の方がいいのではないかと思った。

「それが君のポリシーか。そういうものが、絵に染み出しているのかもね。事実か。事実だけ言えば、ぼくは友達を殺した、ってことになるよね。もう二年近く経つのかな」

ミシェルは、一四歳当時、同い年の友人を高所から突き落として殺した、と記録にある。殺した後、逃走。行方《ゆくえ》知れずとなる。深夜の犯行のため、死体の発見が遅れ、ミシェルの足取りを追えなかった。

「友達とは、絵を通して出会ったのですか？」

「うん。画塾に行くのを諦められなくて、しょっちゅう周辺をうろうろ歩いたり、盗み見たりしてたんだ。窓から見えたあいつの蝶の絵に見入っちゃって、呆けていたら、後ろから驚かされた。それが出会い」

ミミは短く息を吸い込んだ。蝶が好きだったから、ミシェルはよく蝶を描いていたわけではなかったのだ。

「その友達の代わりに、蝶を描こうと？」

「そうだよ。もう描けなくなった、あいつの代わりに。まだあいつには及ばないけど、誰よりも再現できている自信はある。ぼくは花を描くのが好きで得意だったから、よく合作もした。画塾で習った内容を教えてくれたり、サボって一緒に絵を描いてくれたりした。ぼくが気を許せたのは、あいつだけだった」

ミシェルは鉛筆の先端をこすりながら、小刻みに息継ぎをしている。

「友達であり、切磋琢磨する仲間でもあったんですね」

「切磋琢磨だなんてとんでもない。あいつの方が才能も実力も上だ。ぼくはただ見上げていただけ。そんなあいつと、二人で壁画を描くことになったんだ。それぞれの両親へのプレゼントに、って」

ミミは悟られないように、唾を呑み込んだ。壁画がある場所。そこは、犯行現場。

「その壁画が、完成することはなかった。そうですね」

「今もきっと、未完成のまま、残っているはず。ぼくたちは、子どもだった。恐れ知らずで、危機管理能力が低かった。絵への情熱だけで動いていた。ばかだ。ぼくは、愚かだった。全てが悪い方に嚙み合ってしまった。行動も、心も」

言い終わった直後に咳き込み始めたため、ミミは即座に寄り添う。

「ごめんなさい、お話しするの、辛《つら》いですよね。無理なさらず」

「話す。こんな中途半端《ちゅうとはんぱ》なところで終われない。いつまでこの命が続くか分からないんだ。墓まで持っていこうとした秘密だった。けど、君が……。不思議だな。悪魔か死神か何かなのか、君は。ぼくが吐露する気になるなんて、想像だにしなかった」

「死神と呼ばれることはありますね」

「鎌でも持ったらどう？」

「いつでも出せますよ、鎌」

五日目にしてようやく、ミシェルは笑みをこぼした。

なぜミシェルが笑ったのか、ミミには分からず、小首を傾げる。

「それは呼ばれちゃうよ。死神って。なんでそんなあからさまな武器持ってるの」

「使いやすいからですが」

「根っからの死神ってことね。死神の絵は描く気が起きなかったけど、君のなら描いてもいいかもしれないな」

「ちょっと複雑な気分です」

「描かないから安心して。笑ったからか、少しだけ体調が良くなった気がする」

ミシェルは水を一口含んでから、緩んでいた顔を引き締めた。

「壁画を描こうとしたところまでは良かったんだ。題材も、ぼくたちがそれぞれ得意なものでいくことにした。合作は今まで何回もやってきたから高を括ってたんだけど、実際に描き始めたら、想定より時間がかかることが分かった。だからぼくたちは、夜中にこっそり家を抜け出して、深夜に作業を進めることにしたんだ」

「一四歳の少年二人が、深夜に家を抜け出して壁画を描きに行く。危険なことに巻き込まれそうですね」

「そういう意味での危険はなかった。治安の良い地域だったから。でも、別の意味で危険だった。ぼくたちが描こうとしていたのは、かなりの大作でね。脚立も大型のものを使って、二人で横並びで描いていた。小さなライトだけを頼りに」

「命綱は繋《つな》いでいましたか?」

「縄を上手く繋げなかったから、魔法の綱で代用してた。だから、まさかあんなことになるなんて、思ってもいなかった——脚立にのりながら、絵の方向性で揉《も》めたんだ。これまでぼくたちは同じ方向を向いていた。違えることはなかった。ぶつかるのがはじめてだったんだ。それでお互い脚立にのりながら揉み合《あ》いになって、バランスを崩して、あいつが、落ちた。揉み合っているうちに、魔法の綱の効力が切れていたことに、二人とも気付いていなかった。最期にあいつは、ぼくの手を引っ張った。きっと道連れにしようとしたんだ。でもぼくは、落ちなかった。あいつだけが死んだ。即死だった。ぼくは、ぼくはね、その後、あろうことか、逃げ出したんだ。何もかもが怖くなって」

ミシェルは前かがみになり、垂れ下がった前髪を強く掴んだ。

ミミはそんなミシェルの背をさする。咳き込んではいなかったが、呼吸が荒くなっていたからだ。

「大丈夫ですか。無理しないでください」

「大丈夫。話させて。揉み合いになったのは、ぼくのせいだったんだ。ぼくはずっと、あいつが羨《うらや》ましかった。両親に愛され、画塾にも通わせてもらっていて、ぼくよりも絵が上手くて……。ぼくが欲しかったものを、全部持っていた。醜い嫉妬《しっと》だよ。そんな感情に振り回されて、つい反発してしまった。本当は、揉める必要なんてなかった。あいつに従っておけば良かったんだ。ぼくが、一時の感情で突っかかりさえしなければ、しなければ、う、うぅ」

止めどない後悔がミシェルを包み込む。

自らを責めるミシェルを、ミミはただ近くで見つめることしかできなかった。

「では、絵で幸せになってはいけない、というのは」

「絵のせいで、あいつは死んだ。あいつを殺してしまった。ぼくなんかより、絵で認められるべきなのはあいつだった。ぼくは、あいつが好きだった蝶を描き続けて生涯を終える。それしかやっちゃいけないんだ」

ミミは、そんなことない、と喉《のど》まで出かかった言葉を呑み込んだ。

言葉で変えられることには限界がある。時には、思い切った行動が必要。

「話してくれて、ありがとうございます」

「訊かれたから答えただけだったけど、ぼくは、必要以上にしゃべってしまった。ぼくが、君に話を聞いてもらったんだ。こちらこそ、ありがとう」

一通りしゃべり終えたミシェルの顔に、疲労の色が濃く見えた。日に日に、起きていられる時間が減ってきている。

「もう、お休みしましょうか」

「うん、そうするよ」

もう今日は、ミシェルは寝て過ごすだろう。

時間がない。ミシェルの命の灯は、消えかかっている。

「シロ。相談したいことがあります」

「ミミ先輩の頼みなら、なんでも聞くよ！」

呼べばすぐ現れるシロに、いくつか指示を出す。

「いいですか。もう時間がないので、失敗はできません。明日の朝までには必ず間に合わせるようお願いいたします」

「了解しましたー。ミミ先輩、いっこ訊いていい？」

「なんでしょう」

「どうして、もうすぐ死ぬターゲットのために、ここまでするの？」

シロは、曇りない目で、そう尋ねた。

「そうですね、一言で説明するのは難しいです。この任務が終わった時に、説明します」

「分かった！　楽しみにしてる！　じゃ、行ってきまーす！」

元気な声とともに、シロは空間に溶けていく。

何度か目にしているが、何という隠密魔法の練度だ、と改めて感嘆する。

ミミはミシェルの容体に気を配りながら、スケッチブックを手に取り、絵を描いて夜を過ごした。

DAY6

目を覚ましたミシェルは、驚いて上半身を起こした。

「ここは？」

見慣れた病室ではない。寝ぼけ眼をこすると、だんだん視界がはっきりしてきた。

「おはようございます」

埃《ほこり》っぽい小屋の中、煤《すす》けた壁に背中を預けているミミの声が響く。

「君、やってくれたね。こんなところにぼくを連れてきて、何をさせるつもり？」

「それは、あなた自身がよく分かっているのではありませんか?」

ミシェルは答えず、ゆっくりと狭い部屋を見回す。

変わっていない。二年前と全く。このボロさも、絵具や塗料のにおいも。

ここは、壁画のすぐ傍にある小屋。当時はここを拠点にしていた。

ミシェルにとって、思い出の地であり、呪《のろ》いの地でもある。

「ぼくには、もう、か、描けない。無理だ。なんて酷なことをさせるつもりなんだ君は」

「壁画を、完成させてください。私も手伝います」

「なんでそんなことをしなくちゃいけないんだ」

「あなたには、それが必要だと思ったからです」

「分かったようなことを言わないでくれないか」

「これを、読んでみてくれませんか」

ミミは、色あせた手帳を取り出し、ミシェルに渡した。

「これは?」

「この小屋の屋根裏で見つけました」

ミシェルは手帳を取り落としそうになった。

友達の、あいつの、日記。

「これを読めと?」

「はい。私は先に目を通しましたが、悪いことは書いてありませんよ。あなたが読むべきことが、書いてあります」

ミシェルは逡巡する。これを読む資格が、自分にあるのか。

めくった。めくってしまった。読みたい気持ちが、抑えられなかった。

そこには、あいつの赤裸々な心情が書かれていた。

『ミシェルは僕にとって唯一心を許せる友人だ。恥ずかしいから直接は言えないけど。ミシェルもきっと同じなんじゃないかと、勝手に思っている』

『ミシェルはよく、自分には才能がないだなんて言っているが、とんでもない。独学であそこまで伸びるのは才能以外の何物でもない。数年後には、僕よりよっぽど有名な画家になっていることだろう。悔しいが、もっと上手くなったミシェルの絵を見てみたくてたまらない』

『ついに壁画制作がはじまった。ミシェルとの合作はいつも胸が高鳴る。今回はそれぞれの両親に見せることもあり、絶対に妥協したくない』

『やっぱりミシェルはすごい。不慣れな塗料のはずなのに、すぐに順応した。ミシェルのおかげで、きっと素晴らしい壁画になるはずだ。完成が今から楽しみだ』

日記は、そこで終わっていた。

ぽたぽたと、色あせた紙に雫が落ちてゆく。

ミシェルは、日記を胸にかき抱き、目を強く瞑った。

それでも、涙は止まることを知らなかった。

「あなたは、友達が道連れにしようとして、手を引っ張った、と言いましたね。その日記を読んだ上で、私は思いました。道連れにしようとしたわけではなく、助けたくて、あなたの手を引っ張ったのではないか、と。道連れにしようとしたなら、友達は、あなたの手を摑んで離さなかったでしょう。でも、友達は途中で手を離した。あなたの脚立が安定したところを確認してから、手を離したのではないでしょうか。あなたに、助かってほしかった。生きて、絵を描いてほしかったんじゃないでしょうか」

ミミの言葉で、ミシェルの中の何かが決壊する。

ミシェルは慟哭しながら、何度も何度も、同じ言葉を口にした。

「ごめん、ごめんよ、ごめんなさい、つまらないことで突っかかってごめん、助けられなくてごめん、君を置いて逃げてごめん、ごめんね、ごめん、ごめん、ごめんよぉ」

謝罪の言葉が、涙が、二人の思い出の地に満ちていく。

ミミは、ミシェルが泣き止《や》むまで、寄り添い続けた。

「お水、どうぞ」

ミシェルは、ミミから受け取った水筒を傾け、枯れた喉を潤した。

激情が過ぎ去り、落ち着きを取り戻したミシェルは、窓を開けて風を取り込む。

そよ風が、漆黒の長い髪を揺らした。

「ぼくは、ずっと、ごめんなさいが言えなかった。自分の罪から逃げ続けていたんだ。向き合うのが、あまりに辛かった。ぼくは、弱かった。ようやく、謝ることができた。あまりに、遅すぎるけど」

「遅くなんてありません。命あるうちに、あなたは言うことができました」

ミシェルは振り返り、ミミの目を真っすぐ見据えた。

「壁画を完成させる。手伝ってくれないか」

「はい。喜んで」

病魔に蝕《むしば》まれ、死相が浮かんでいるにもかかわらず、ミシェルは晴れやかな表情で、力強く頷《うなず》いた。

仮眠をとってから、二人は早速行動を開始する。

「すごいね。こんなに画材を集めるなんて」

「一つ一つはそこまで高くないのですが、色を揃《そろ》えるとなると、結構かかるんですね」

給料が出たばかりで良かったと、ミミは内心胸をなでおろした。

「助かるよ。これだけあれば十分だ」

ミシェルとミミは、画材を持って、小屋の外へ出た。

事件のあった日以来、二年ぶりに壁画の前に立つ。

制作途中の絵は、色あせずそこに在った。

「……はじめようか」

「はい」

今回はミミ監督のもと、安全対策を行いながら、制作を進めていく。

はじめはミミは完全に雑用で、絵に関してはミシェルが全て作業していた。二時間ほど経過した時点で、ミシェルは強張った声を出す。

「このままじゃ間に合わない。確か君がぼくを殺すのは、明日だったよね。明日の何時?」

「深夜〇時までです」

もう組織に定められた任務期限は存在しない。

が、ミミは組織時代と同じやり方を貫いていた。

期限を長くとるとターゲットに対する情が深くなってしまう。

ターゲットも期間が長いと、中々自身の願いに辿り着けなかったり、死への恐怖が大きくなったりする。

一週間という期限が、互いの最善へと導いてくれるのだ。

「だとしても無理だ。……ぼくが輪郭を描いていく。君に彩色を頼みたい。いける?」

ミミは、これまでミシェルから教わったことと、二時間見ていた作業を頭の中で反芻する。

「完全にあなたと同じ、というわけにはいきませんが、ある程度なら」

「じゃあ、早速お願いするね」

ミシェルは塗料の特性や、画材の使いかたを軽くレクチャーすると、迷いのない筆遣いで線を描いていく。

その、まるで元々あった線をなぞっているかのような、流れるような筆の動きに目を吸い寄せられたミミは、ハッと我に返り、ミシェルと同じように筆を握った。

ミミはまるで殺し合いの最中のような集中力で、ミシェルの作業に付いていく。

執念を宿した瞳で作業を進めていたミシェルだったが、突然、糸が切れたように手を止めた。

「どうされました」

「寝る。寝なきゃ、描き続けられない」

そう言い残し、ミシェルは小屋に戻っていった。

壁画を完成させるために、最適な行動を取ろうとしていることを、ミミは理解した。

ならば、自分のやることは一つだけ。

ミシェルが戻ってくるまで、ミミは一秒たりとも集中力を切らさず、作業を続けた。

ＤＡＹ７

昨日から、昼夜関係なく、眠っては起きてを繰り返しながら、作業を進めていく。

ミシェルは食事中でさえ、小さなカンバスに絵を描いていた。

「何を描いているのですか?」

「壁画の完成図を大まかにね。塗料だけじゃなくて、絵具も用意してくれてて助かったよ」

ミシェルは咳き込み始めたため、カンバスから顔を背《そむ》けた。

「食事中くらい、休んでもいいのではありませんか」

ミシェルはもう食事すらままならないほどなのだ。筆を握るのだって、本当は辛いはず。

「いいや。不思議とね、力が湧《わ》いてくるんだ。この機会を逃さずに、ぼくはぼくにできることをしないと」

身体は傍目から見てもボロボロで、今にも消えてしまいそうなのに、瞳だけが別の生き物のように輝きを放っていた。

ミミは最期まで、ミシェルがしたいことを支えようと、今一度決心をする。

「私は彩色に戻りますね。食事が終わったら来てください」

「うん、よろしくね」

ミシェルはカンバスから目を離さず、ミミを見送った。


夕方に差し掛かったあたりで、作業は大詰めを迎える。

ミシェルは輪郭を描き終わった後、彩色作業に合流した。

やはりミミよりも彩色が上手く、色が活き活きしている。

「げほ、がはっ、き、君、ちょっといいかな」

「はい。何でしょう」

「し、仕上げは、ぼくがやりたい」

「了解」

ミミはすぐに手を止め、ミシェルのサポートに回った。

脚立の移動や画材の受け渡しを行う中、もうあと数ヵ所を塗れば完成というところで、ミシェルの手が震え始めた。

「か、描かなきゃいけないのに、もう、描けないのか、ぼくは」

気力を振り絞るミシェル。その震える手に、ミミは自身の手を重ねた。

「私が手伝います」

ミミは手に伝わる振動の中から、ミシェルが描こうとしている線を予測して、筆を動かす。

ミシェルは、頭の中のイメージがそのまま出力されることに驚きながら、ミミの手に委《ゆだ》ねる。

共同作業を続けること数十分。

壁画が、完成した。

既に夜は深まっており、小さなライトだけでは、その全容を目にすることはできない。

「終わった、のか」

かすむ目をこすり、ライトで照らせる範囲を見る。

「少々お待ちください」

ミシェルが脚立から降り、地べたに座り込んだことを確認してから、ミミは席を外した。

数分後、袋を担《かつ》いだミミが戻ってくる。

そのことにすら気付けないミシェルは、突如、視界が光に包まれ、目を見開いた。

白い光を放つ虫が、壁画の前に放たれる。

それによって、壁画の全てを、まるで昼間のように見ることができた。

あいつと二人で描きたかった、あの絵が、目の前に。

抜けるような青空と、数えきれないほどたくさんの、蝶と花。

その中で笑っている、二組の家族。

「う、うぅ」

今更だって、思うだろうけど。

描き上げたよ、ぼく。

死ぬ間際《まぎわ》になって、ようやく。

ミミはそっと、ミシェルの目元を拭った。

虫たちが散っていき、壁画が見えなくなる。

辺りが暗闇《くらやみ》に包まれてから、ミシェルは激しく咳き込みはじめた。

ミミの肩を借り、小屋に戻って、ベッドに横たわる。

壁画を描き終わったことで、張り詰めていたものが切れたのか、ミシェルは目に見えて弱りはじめた。

「もうすぐ期限の一週間です。今、魔法を準備しています。痛みなく命を刈り取る魔法です」

断続的に続く咳《せき》のせいで、まともに話せないミシェルは、息も絶え絶えになりながら、棚にしまっていたカンバスに手を伸ばした。

ミミは、最期の瞬間まで絵を描いていたいのだ、と察し、ミシェルの代わりにカンバスを取り出した。

カンバスに描かれていた絵を見て、ミミの動きが止まる。

そこには、ミミが描かれていた。

月夜の中、窓際に腰掛け、優し気な瞳で、こちらを見つめている。片手で握っている大鎌と、部屋の中の絵にもかかわらず舞い踊っている、蒼と金の蝶が目を引いた。

カンバスを渡そうとしたら、ミシェルは首を振り、唇の動きだけで伝えた。

『君のだ』

壁画の完成図を描いていた、というのは嘘だった。ミミへ絵のプレゼントをするために、描いていたのだ。

「ありがとうございます。自分とは思えないほど、綺麗《きれい》です。大切にします」

ミシェルは一瞬、笑みを浮かべてから、すぐに苦悶の表情に染まっていく。

喘鳴がはじまった。ミシェルはもう、呼吸すらままならない。

そんな状態なのに、ミシェルはミミに何かを伝えようと、口を開閉していた。

「私は読唇術を習得しています。唇の形、動きだけで伝わります」

ミミは顔を寄せ、ミシェルが伝えたいことを読み取る。

『ミミ、ありがとう』

感謝の言葉だった。

『お礼、したい』

ミミは、ミシェルが魔力を練りはじめたのを感じ取った。

「いけません、身体に負担が」

『《慈愛《パピリオ・リカバリー》》』

光る蝶がいくつも現れ、ミミの身体にまとわりつき、消えていく。蝶が消えていく度に、溜《た》まった疲労が少しずつ消えていく。

「あなたの魔法、ちゃんと受け取りました。身体が楽になりましたよ」

ミシェルは魔法を使った瞬間から、もうミミを見ることもできないし、声を聞くこともできなくなっていた。

『早く、楽にして』

ミシェルの最期の願いを読み取ったミミは、鎌を展開する。

「《汝の旅路に幸あらんことを》《Bon voyage》」

不可視の刃が首を通り過ぎた途端、ミシェルの顔から力が抜け、激しい咳も消えていった。

ミミは、ミシェルの見開かれた瞳を閉じ、その手に筆を握らせる。

「おやすみなさい、ミシェルさん」

ベッドの傍らに、ぺたんと座り込んだミミは、月明かりのもと、小さなカンバスを眺める。

夜が明けるまで、ミミはその絵を鑑賞し続けた。

interlude

幕間

「ミミせんぱ～い、事後処理終わったよ～」

「ありがとうございます。それでは、研修の振り返りをしましょうか」

事務所の仮眠室で眠っていたミミは、ドアの外から聞こえてきた声に反応し、即座に目を覚ました。

仮眠室を出て、シロを伴い会議室へ向かう。

「ねぇ、あたし結構、お仕事頑張ってるよね⁉」

歩きながら、ミミの周りにまとわりつくシロ。ミミはその都度、シロから距離を取る。

「そうですね。優秀です。能力面においては文句なしです」

「じゃあ褒めて？　なでなでして？」

シロは純真無垢《むく》な笑顔でミミにすり寄り、撫でやすいように頭を下げた。

「撫でません。褒めるのも振り返りの後です」

「えーーーー！　がんばったのにーーーー！」

「頑張るのは当たり前です。日々精進です」

「ううう、厳しいよぉ」

会議室に入り、テーブルの端に腰を下ろしたミミの横に、涙目で駄々をこねるシロが座ろうとした。

「私の横ではなく対面に」

「やだ」

ミミはため息を一つ吐き、魔法を発動させ、瞬時に席移動をする。

それを見て、シロも同じように移動。

「シロ。上司命令です。対面に移動してください。横だと話しにくいです」

「どっちでも同じじゃない？」

「同じじゃありません。組織では上司命令に素直に従うべきです」

「えー」

会話を続けながら、部屋の中で何度も席移動を行う。一般人が見たら、瞬間移動し続けているように見えるだろう。

「このままでは実力行使に出る他ありませんが」

「いいねそれ！　ミミ先輩と戦ってみたかったんだぁ！　戦闘訓練じゃなくて、本気のやつ！」

「いいでしょう。やりましょうか。場所はこの部屋で十分でしょう。合図はシロが出してください」

「やったー！　じゃーあー、カウントダウン開始！　さーん、にーい」

いち、を言う前に、シロの隠密魔法が発動。同時に、ミミも発動。

互いに存在を隠しながら、相手の位置を探る。

ほんの僅かに隠密魔法でミミに勝るシロは、先制攻撃を仕掛けることに成功。

しかしミミの反応速度の方が上で、攻撃を見切られてしまった。

シロはナイフを持った手を捻り上げられ、首元にひやりと冷たい感触を押し当てられる。

「約束は守ってくださいね、シロ」

「もーーーー！　ミミ先輩、強すぎるぅ！」

勝負はものの数秒で決した。総合的な面では、明らかにミミの方に分がある。

両者、得物をしまい、シロは大人しくミミの対面に座った。

「やはり隠密魔法の練度の高さは並ではありませんね。私も追いつけるよう、更に鍛錬に励みます」

「これ以上強くなったら、人間の域を超えちゃうよ！　ってかもう既に超えてるんじゃないかなぁ。あたしの方が有利だったのになー。室内戦は自信あったのになー。あれだけ存在消して、あれだけ近くから攻撃したのに避けられちゃ、もうどうしようもないよー」

シロは不満そうに頬《ほお》を膨らませながら、テーブルの下で脚をバタバタ振る。

「私に攻撃を当てたいなら、もっと基礎戦闘力を上げる、あるいは身体強化魔法を鍛えるしかないでしょうね。意表を突くような攻撃魔法でもいいかもしれません」

「あたしの戦闘能力が上がっても、同じかそれ以上にミミ先輩も上がってるから、一生追い付けないの！」

「そうでしょうか」

シロはこれ以上、この話題を続けても意味が無いと感じ、頭を振った。

シロの目から見て、ミミの才能と努力は常軌を逸していた。自分も血の滲《にじ》むような努力を続けてきた自負はある。それでも敵《かな》わない。絶対に。

自分が隠密魔法を極めている間に、ミミは殺し屋として必要なものを全《すべ》て極めていた。

「ミミ先輩はやっぱりすごい。憧《あこが》れちゃう」

「なら今後も私の指示に従ってくださいね」

「それとこれとは話が別ぅ」

「もういいです。シロに対しては、毎回実力行使します。訓練にもなりますしね。それでは研修の振り返りを行いましょうか」

「はぁい」

「どうでしたか？　私の任務を見て、何か感じましたか？」

「んーと、全く意味が分からなかった」

「どこが分からなかったのですか？」

「全部。あんなに殺しやすいターゲットに一週間かけるのも、ターゲットの要望に応《こた》えるのも、お節介焼くのも、わざわざ時間かかる魔法で殺すのも」

ミミは、そう言われることをある程度予想していた。

組織に育てられた者は、大体こうなる。ターゲットを殺すことだけを叩《たた》き込《こ》まれるから。

ここでミミの中で小さな疑問が湧《わ》いた。シロは転入組だったはず。ここまで組織の思想に染まるものだろうか。

「本当に、分かりませんか？　ミシェルさんが私にお礼をしてくれたことも？」

「うん。自分を殺す相手に感謝するなんて、おかしいよね」

ミミは、シロの銀色の瞳《ひとみ》を正面から見つめた。

「シロは、自分が人を殺すことについて、考えたことはありませんか？」

「ないよ。昔から、人を殺すことが日常だったから」

「何も感じませんか？」

「感じるわけないよー。ミミ先輩もそうでしょ？　あたしたち殺し屋は、殺すことが仕事。仕事に自分の感情は持ち込まない。当然のことだよね」

ミミは、今すぐには、自分の信条を伝えることは不可能だと感じた。それでも、伝えなければならない。

「私の信条を、あなたに話します。今すぐに理解できなくてもいいので、まずは聞いて、考えてみてください。理解できずとも、考え続ければ、自分なりの答えに辿《たど》り着けると、私は信じています」

「分かった！」

シロは真剣な表情で、ミミの眼差《まなざ》しを受け止めた。

ミミは、ルースとの思い出を、シロに話した。思えば、誰《だれ》かにこの話をしたのは、はじめてだった。

「私はルースとの日々で、こう思ったんです。環境さえ違えば道を踏み外さなかったであろう人たちに、最後の数日くらいは、幸せになってほしい。幸せになる手伝いがしたい、と」

「ふむふむ」

「私利私欲のためや、悪意を持って罪を犯した人間と、罪を犯さざるを得なかった環境にいた人間が、同じように殺される。それはとても悲しいことだと思いました。犯した罪は消えない。消すことはできない。だから、せめて殺す前に、ターゲットの心の底にある本当の願いを、一片でも叶《かな》えてあげたい。そのために私は、前回の任務であんなことをしました」

シロは話を聞き終わると、イスを後ろに傾けながら宙を見つめた。

「んー、ミミ先輩の行動原理は理解できたよ。でもやっぱり、なんでミミ先輩がそう思うか、分っかんないなぁ。すごく傲慢な考えに思えちゃう。だってミミ先輩もあたしも、法を通さず何人も殺してきてるから、犯罪者だよ？　しかもミミ先輩の言うところの、罪を犯さざるを得ない環境にいたってわけでもない。うちの組織、殺しをしない班もいくつかあるし。普通に重犯罪者だよ。そんな人間が、同じく重犯罪者のターゲットを幸せにしたいだなんて、向こうからしたらふざけんなって話じゃない？　自分を殺す相手に幸せにしてもらいたいなんて、誰も思わないでしょ。だったら最初から殺さないでくれって話」

そういえば、本部からこれ持ってきたんだ、と言いながら、シロは一枚の古びた紙を取り出した。

「何ですか、それは？」

「ミミ先輩知ってた？　うちの組織、重犯罪者しか殺さないって決めてたはずなのに、実は何の罪も犯していない一般人を殺してたこと」

ミミは、シロから紙を受け取り、目を通した。

シルヴィ・デュラン、シャルル・ベナール、マリオン・コスト……。

何人かの名前に見覚えがある。忘れるはずがない。

ボス案件で殺した、罪なき一般人。

ミミは下唇を噛《か》む。

「知っていましたよ。それを突き止めたのは、私とニイニでしたから。幹部以外の組織員には伝えられていなかったのでしょう」

「そういうことかー。すっごい情報手に入れた！　って思ったんだけどなぁ。もう、重い罪を犯したから殺していいよね？　はまかり通らないってこと、分かってたんだ」

「分かっています。この殺し屋という仕事は、そもそも矛盾を孕んでいます。人を殺すのはいけないこと。だから人を殺した人を殺す。そんな矛盾を。だから、自分なりの信念を持たなければ、その矛盾に押しつぶされてしまう。その信念が間違っているのかいないのか関係なく」

「あたしは、信念なんかなくても、押しつぶされたりしないけどなー」

「いつかのしかかってきますよ。この仕事を続けていたら」

「そんな未来、想像できないかも。ミミ先輩、そんなのでよく殺し屋続けられるね」

「続けられる、のではなく、続けるしかないんです。この生き方しか知りませんから。他の生き方を知ることなんて、血にまみれた自分には、許されないんです」

「そっかぁ、だからミミ先輩は、殺し屋らしからぬ考え方で、この仕事続けてるんだね～。あたしよりミミ先輩の方が先に押しつぶされちゃうんじゃない？」

ミミは、そうかもしれません、という言葉を呑《の》み込《こ》んだ。

シロは、ある意味ではこのままの方が幸せなのだ。

もしかしたら、一生、この仕事に何も感じないのかもしれない。

けれど、何かの拍子に、手を汚すことの重さに気付いてしまったら、立ち直れなくなる。

根気強く伝え続けるしかない。

「次の任務、途中からシロに任せる予定です。それまでに私とミシェルさんのやりとりを思い出して、考えてみてください。私とミシェルさんの、言葉と行動の意味を」

「やるだけやってみるー」

「人を理解するのに、詩集が役立ちます。少々お待ちください」

ミミは瞬時に自室から詩集を何冊か持ってきて、シロに手渡した。

「どうぞ。オススメはウィリアム・ガレノスの『旅人』三部作です」

「面白《おもしろ》そう！　時間見つけて読んどく！」

「ぜひ読んでみてください。では、研修の振り返りはここまでです」

「ありがとうございました！　ふわぁーあ。あたし、ちょっと仮眠とってくるー。戦闘訓練はその後でいーい？」

「もちろんです。ゆっくり休んでください。お疲れ様でした」

シロは何度もあくびをしながら、会議室を出て行く。

一人になったミミは、シロから言われたことについて、改めて思案した。

重罪人であるターゲットを殺す立場の自分もまた、重罪人。

私は、罪を重ね続けている。

その罪が消えることはない。これは自分の言葉だ。

罪を重ねた先に、何があるのだろう。

私の信念は、一種の贖罪なのだろうか。だとしたら、ターゲットを幸せにしたいのではなく、自分を幸せにしたいだけなのだろうか。自分が楽になりたいがために、この信念を胸に抱いたのだろうか。

自分もまだまだ考え続けなければいけない。

そう決心したミミは、マントを脱ぎ、フードの猫耳部分に触れた。

第二章
研究者の少年

DAY1

「一週間後、あなたを殺します」

住居が密集した、狭い路地。生ごみのにおいが鼻につく。

その言葉を聞いた、ミミより何歳か年上の少年は、その場から飛び上がった。

長いローブがはためく。フードを目深に被っているため、顔も見えない。

窓の縁に手をかけ、身体を振り子のように揺らしながら、器用に移動していく。

やがて屋上に辿《たど》り着くと、少年はなんと、空に向かって身を投げ出した。

「《空踏《アーエル・ジャンプ》》」

少年は大股で空中を踏み、別の建物の屋根へと飛び移っていく。

撒《ま》いた。少年がそう呟いた瞬間、目の前にミミが現れた。

「私からは逃げられませんよ」

「そんな、どうやって、オレは空を移動したのに」

「広域探知魔法と、身体強化魔法による跳躍力で、簡単に追いつけます」

少年はミミが話している間に、服のポケットから試験管を取り出した。

それを勢いよく地面に叩《たた》きつける。音を立てて割れた試験管から、紫色のガスが周辺に広がった。強烈な臭気だけでも嗅いだ者の動きを鈍らせることができる。加えて、路地にふらっと入り込んできた男性が卒倒し、寝息を立て始めたのを見ると、相当な催眠作用もあるようだ。

そんなガスが充満する中、マスク等を付けずとも、少年は素の状態で動いていた。

それはミミも同じだった。

少しも動きが鈍らないミミを確認すると、少年はミミが目の前に現れた時から練っていた魔力を用い、魔法を発動させる。

「《毒矢《トキシカム・アロー》》」

青白い矢がいくつも出現し、ミミに向かって放たれた。

当然、その全《すべ》てをミミは避けた。矢は建物の壁に突き刺さる。壁の割れ目に生えていた植物がその矢に当たると、泡立ちながら溶けていった。

「私からは逃げられないと言ったはずですよ。このまま力の差を見せ続けても構いませんが、あなたの戦い方は周囲に被害を及ぼすため、無力化させていただきます」

ミミから放たれた光の縄で、少年は手足を縛られる。

「研究所からの差し金だな？　オレは絶対に戻らない。ここで舌を嚙《か》み切って死んでやる」

少年は歳《とし》に見合わない、低く深い声のため、迫力があった。

「いいえ。私は研究所の人間ではありません。ただの殺し屋です」

「殺し屋？　ああそうか、オレが殺した誰《だれ》かの家族が、依頼したのか」

「そんなところです」

少年は目元の力を抜き、地面に顔をうずめた。

「せっかくここまで逃げてきたのに、死ぬのかオレは。こんな汚い路地で」

「いいえ。ここでは殺しません。先ほども申し上げました通り、一週間後に殺します」

少年は顎を上げ、ミミのオッドアイと目を合わせた。

「なんだそれ。どういうこと?」

「説明は後です。あなたが撒き散らした薬物や魔法のせいで、周辺で騒ぎになりつつあります。警察も動き始めました。ひとまずはあなたの隠れ家に移動しましょう」

ミミは縛り上げた少年を担《かつ》ぎ、壁を蹴《け》りながら、常人には追跡できないルートで、少年の隠れ家へと向かった。

少年の隠れ家は、複数の企業が入っている、高い建物の屋上にあった。

誰も使っていないであろう用務室。その用務室の床にある隠し扉を開く。

扉から垂直に下りると、そこそこ広い空間が広がっていた。

ややかび臭いが、一人で住むには十分な部屋。生きていくのに必要な設備は全て整っていた。

「オレの家まで特定されちゃ、もうお手上げだ」

依然として縛られたままの少年は、ミミの手によりベッドに転がされる。

「あなたについては、いくらか調べがついています。逃げても、抵抗しても無駄です」

少年の名はエドガー・クレール。一六歳。自身が所属していた研究所の人間を複数人殺害。

「さっきの追いかけっこでそれは思い知らされた。オレのとっておきの魔法が全く通用しない。それにもう身のこなしが違う。研究所で強化された戦闘員の戦いを見たことがあるけど、君？　あなた？　えーと、とにかく殺し屋の方が、明らかに上だ。段違いだ。例えばさ」

ベッドのすぐ脇《わき》に立っていたミミに、エドガーは何かを吐き出す。

プッと勢いよく吐き出された液体はミミに当たらず、床にぼとりと落ちる。液体はすぐに揮発した。液体が落ちた床には焦《こ》げ目《め》がついている。

「こうやってさ、オレの不意打ちなんて、簡単に避けちゃうよね。オレ程度の人間には、視認すらできない。その場から消えたように見える。圧倒的だ。すごいね。どうすれば、何をすればその域に到達できるか、興味がある」

エドガーは、天井《てんじょう》からぶら下がっているミミに、好奇の瞳《ひとみ》を向けた。自分を殺しに来た人間に向ける目ではない。

「変わっていますね、あなたは」

「殺し屋こそ。一週間後に殺すんだよね。その期限を設ける意味が全く分からないよ」

「私のポリシーです。そういえば、申し遅れました。私はコードネーム33。ミミです」

「ミミも番号で呼ばれてるんだ。オレも研究所内では被検体ナンバーで呼ばれてた」

エドガーは研究所にいた被検体のうちの一人だった。

「拘束、解いてほしいですか？」

「どっちでもいい。ミミと話せるなら」

危険性ナシと判断し、ミミは魔法を解いてエドガーを解放した。

ミミは天井から降りて、ベッドに腰かける。

「私でよければ、いくらでも話し相手になりましょう」

「それは嬉《うれ》しいね。ミミはオレと似た境遇な気がする。さっき、素で毒に耐えてたよね？　幼い頃から、たくさん毒を浴びてきたんでしょ？」

「ええ。毒の耐性を付ける訓練は積んできました」

「オレも実験で何度も身体に毒を入れてきたんだよ！　キツいよね、あれは」

「キツいと思ったことはありません。生まれた時から殺し屋の組織にいて、物心ついた時から、訓練漬けの毎日でしたから。それが当然のことでした」

「そっか、最初から厳しい環境に置いて、それが普通だと認識させれば、ストレス値を減らせるのか。考えは付くけど、まさか実行している場所があったなんて。そのオッドアイも、オレと同じく、薬物のせいなんだろ？」

エドガーは顔がよく見えるよう、フードをおろした。

右目が青色で、左目が白色だった。

「これは生まれつき、だそうです。おそらく。私がいた組織にオッドアイは私しかいませんでしたから」

「生まれつきだとしたら、非常に珍しい遺伝子配列のはず。興味深いなぁ」

そんな調子で一日目は、ろくに食事もとらずに、エドガーの質問攻めにミミが答えるだけで過ぎ去った。

DAY2

「あなたは普段、何をして過ごしているのですか？」

「息を潜めてる。研究所にまた連れ戻されないように」

昨日、しゃべり疲れてそのままベッドの上で寝てしまったエドガーは、起き抜けにシャワーを浴び、部屋に大量に貯蔵してある非常食で腹を満たした。

ミミも携帯食料を胃におさめつつ、これからどう過ごそうか考える。

ミミやニイニの情報収集能力をもってしても、研究所に関する情報は大雑把にしか入手することができなかった。建物自体が強固な閉鎖空間になっており、滅多に人の出入りがない。魔法に頼らない、研究所独自のセキュリティが敷かれており、破るのが困難だった。そのため、本人に直接訊くしかない。

昨日は、ただ質問に答えることしかできなかった。今日は自分から声をかける。

「ならなぜ昨日は外に？」

「月に一回は外に出て買い物をしないと、気がもたないから。食べ物と、あと書籍」

部屋には非常食の他に、大量の書籍が積み上がっていた。

学術書から小説まで、ジャンルは幅広い。

「すごい数の本ですね。読書がお好きなんですか？」

「腐っても研究者の端くれだからね。知識は常に吸収しておかないと。単純に興味もあるしね。知識はつければつけるほど楽しくなる。別の分野の知識同士が繋《つな》がったり、理解の助けになったり、奥が深くてね。それは半分趣味みたいなもので、メインは自分の研究分野、毒に関する本かな、よく読むのは。それ以外は小説。特に推理小説が好きだ。研究所では外出が禁止されてたから、娯楽は本しかなかった。でもオレはそれで十分だったよ」

「昨日は被検体と言っていましたが、研究者もしていたのですか？」

「そうだよ。オレ、所長夫婦の息子だから、自然とね。被検体として実験される時間以外は、研究と読書に充ててたんだ」

エドガーが殺した人間の中には、母親もいた。

昨夜、激しくうなされていたのは、それが関係しているのかもしれない。

なぜエドガーは親すら殺したのか。

息子であるにもかかわらず、被検体として扱っていた両親とはどんな人物だったのか。

気になることは多々あったが、今は会話を続けることが先決。

「そうなのですね。外出はできなかったようですが、それでも研究所での日々は、悪くないものだったのでしょうか」

「悪くないどころか、充実してたよ。被検体として両親の役に立ててたし、研究も読書も楽しかった。夢もあった。いつか自分の研究を、両親に認めてもらうっていうね」

エドガーの声音には、もう戻ることができない、過去の色が宿っていた。

「充実した日々を過ごしていたのですね。あなたの生活を支えていた本の中で、オススメはありますか？」

「もちろん！　それはもう数えきれないくらい！」

書籍の山から何冊か引っ張ってきてはページをめくり、を繰り返しながら、エドガーは声を弾ませ、お気に入りの本について話しはじめた。

ミミはその話を口を挟まず聞いていたのだが、エドガーの本紹介はノンストップで二時間続いた。このままでは昨日と同じことになると危惧し、ミミは程よい頃合《ころあ》いで口を開く。

「そういえば昨日、月に一度の買い物の日だったんですよね。邪魔をしてしまって申し訳ないです。今日、買いに行きますか？　行くなら私も付いていきます。荷物持ちさせてください」

「それは助かる！　オレ一人で持てる量には限界があるしな！　今すぐ行こう」

エドガーは脱ぎ捨ててあったマントを纏《まと》い、フードを被って、部屋から屋上に出る梯子に手をかけた。

「そういえば昨日、なぜ一週間後に殺すのか、詳しく話しそびれてしまいました」

人の少ない路地を通りながら、ミミは隣を歩くエドガーに話しかける。

「ああ、ポリシーがどうとか言ってたね」

「そうなんです。この一週間、いえ、もう残り六日ですが、あなたがしたいことをしてくださ い。ただし、犯罪行為はダメです。それ以外でしたら、なんでも。したいことがあれば、可能な限り、お手伝いさせていただきます」

「そんなことをして、ミミに何の得がある?」

「私がそうしたいだけです。環境、人間関係、何か一つでも違えば道を踏み外さなかったであろう人たちに、最後の数日くらいは幸せになってほしいという、私の勝手な想《おも》いを叶《かな》えるためなんです」

エドガーは吹き出しそうになったが、注目を集めないよう、慌てて口に手を押し当てた。

「殺し屋なのにそんなことを願うなんて、歪だね。普通、その二つは同居できない。きっとミミの生い立ちが関係してるんだろうね。ミミが殺し屋組織に拾われてなかったら、聖女とか呼ばれてたんじゃないか?」

「そうでしょうか。そんな自分の姿、想像できません。私の身体は、心は、殺し屋の形をしています。それは決して崩れません。殺し屋という枠組みからは、外れることができない。外れることは、許されない」

最後の一言に、僅かに感情がのっていることに、エドガーは気付いた。

「オレはミミのこと、ほとんど知らないけど、分かる気がするな。これまで積み上げてきたものや、やってきたこと、やってしまったことって消えないし、消せない。それが良い方向に働くこともあるんだけど、きっとオレたちはそっちじゃない。変えられない部分を受け入れて、背負ったまま進むしか、ないいん、だよな……」

エドガーの語気が弱まっていく。歩調が乱れる。呼吸が浅くなる。

それに瞬時に気付いたミミは、気遣うようにエドガーの腕に手を添えた。

「大丈夫ですか？　変な話をしてしまってすみません。一旦《いったん》帰りますか？　辛《つら》いなら、私がおぶっていきましょうか」

「いや、いい。ちょっと思い出しちゃっただけ」

エドガーはミミから少しだけ距離をとり、自然にミミの手を払う。

「そうですか」

ミミはエドガーの様子を見て、それ以上込み入った話はしないことにした。

会話が途切れてから五分あまりで、この街にある大型書店に到着。

水を得た魚のように元気になったエドガーは、ミミの手にどんどん本を積み上げていく。

あっという間に本のタワーはミミの身長を超えた。本のタワーに手が届かなくなったエドガーは、途中から本を放り投げ、それをミミが器用にタワーの最上段にのせていく。

一息吐いたエドガーは、天井に届かんばかりの本のタワーに店内の客の視線が集まっていることに気付き、慌ててミミに駆け寄って耳打ちした。

「これ以上注目されたくないから、ミミが会計しておいてくれ。オレは一足先に店を出ておく。お金はミミのマントのポケットに入れておくから」

エドガーは札束《さつたば》をミミのマントに突っ込んでから、そそくさと店外へ。

数分後、大量の紙袋を携えたミミが、相変わらずの無表情でエドガーの前に現れた。

「色々とごめん。重いよな？」

「いえ、これくらいの量、全く問題ありません。軽く感じるほどです」

「流石だね。その量を持ち歩くのは目立つから、二手に分かれて別々に帰ろう」

「その必要はありませんよ。今から私は路地裏に入って、人気《ひとけ》のないところで隠密魔法を使い、本ともども姿を消してあなたに付いていきますので」

「そんなこともできるんだな。分かった。じゃあそれで」

ミミは頷《うなず》くと、瞬く間にエドガーの視界から消えた。

「お待たせしました。それでは行きましょう」

数秒後、どこから聞こえているのか分からないミミの声が、エドガーの耳に届いた。

「早いね。じゃあ帰ろうか」

二人は行きとは違うルートで帰路につく。

途中、とある店の前で、エドガーは足を止めた。

武器屋だ。店先のショーウィンドウには、いくつも武器が飾られている。

エドガーは、呆けたようにぼうっと武器を眺めていた。

「武器に興味があるんですか？」

急に聞こえてきた声で我に返ったエドガーは、小さく「何でもない」と呟いてから歩きはじめた。

ミミは、エドガーの目線がどの武器を捉《とら》えていたか、すぐに分かった。


部屋に着いた途端、エドガーはミミから本を受け取り、ベッド周辺に積み上げてから、シーツの上に寝転んで本を読み始めた。

夢中になって読書をしている間に、ミミは部屋の中にある本のタイトルに目を通す。

ミミの予想通り、膨大な本の中から、三冊だけ毛色の違う本を見つけた。

それらの本から得たヒントをもとに、脳内で必要なものをリストアップする。

ミミは、あるものを買うべく部屋から出て行った。

ＤＡＹ３

朝目覚めてすぐに本を読み始めたエドガーの口に、ミミは非常食を突っ込んでいく。

起き抜けに読み始めた本を読み終わり、次の本へと伸びたエドガーの手を、ミミは押しとどめた。

「なんだよぅ。早く次の本読みたいんだけどー」

急に子どもっぽい口調になったエドガーが唇を尖《とが》らせる。

「一つ確認させてください。あなたは今、心からやりたいことができていますか？　本を読むことがそれだったらいいんです。でも、本を読むこと以外にやってみたいことがあるのなら、遠慮なく言ってくださいね」

「別にないよ。殺される前に、少しでも多くの本を読むんだ」

ミミは昨夜、大量の本の中から見つけた、とある本を差し出した。

エドガーはその本を見るや否や、顔を赤くさせて三冊の本をひったくった。

「か、勝手に持ってこないでよ！」

「何を恥ずかしがっているのですか」

「別に、恥ずかしがってなんか……」

三冊の本を枕《まくら》の下に突っ込んだエドガーは、あからさまに目を泳がせる。

「騎士物語、剣術指南書、剣豪奇譚。これだけでは特定できませんでしたが、昨日、あなた自身が答えを教えてくれました」

ミミはエドガーが起きる前、朝一番に買ってきた、あるものを部屋の隅から持ってきた。

エドガーは、ミミの手に握られている、袋に包まれた棒状のものに目が吸い寄せられる。そのシルエットだけで、中身が何か分かった。

「それ、刀、だよな」

「分かりますか」

「どうしたんだ、それ」

「あなたへのプレゼントです」

エドガーはもう取り繕うことができなかった。

勢いよくミミから袋をひったくると、たどたどしい手つきで中身を引っ張りだす。

「やっぱり、刀だ」

黒光りする鞘から、刀身をするりと抜き取り、鏡のような刃に自身の顔を映した。

「あなたの身長に合った長さのものを選びました。いかがでしょう?」

「なんで、分かったんだ」

「あの三冊の本だけ、一貫性がありませんでした。あなたが所有している他の本とはジャンルが全く違ったんです。あの三冊には共通点がありました。サムライと刀が登場することです。それに昨日、武器屋の前で立ち止まった際、刀だけ数秒長く見てましたよね。刀を視界に入れた瞬間、心拍数が上がっていました」

「勝てないね、ミミには」

エドガーは感心したように息を吐き出した。

「好きなんですか？　サムライや刀が」

「ずっと、興味があったんだ。研究所の中庭で少しは身体を動かせたけど、ほとんど屋内で過ごしてた。だからかな、自分とは真反対の世界に憧《あこが》れたのは。小説も、英雄譚が一番好きだ。武器を振るい、様々な世界を渡り歩いて冒険する。中でも、サムライキャラに惹《ひ》かれた。ほら、騎士だとありきたりじゃないか。サムライは資料でしか見たことない存在だからこそ、想像が膨らむ。サムライが使う武器、刀も異国情緒があって見てて飽きない。何度も資料を読み返した。いつか、自分でも振るってみたいな、なんて、ね」

エドガーは、恐る恐る刀身を鞘におさめる。

サムライとは、遠い異国に存在する、こちらの国でいうところの騎士。

飛空便のおかげでその存在や、刀が広がっていき、一般市民にもその存在が知られている。

「私には一通り武器の心得があります。刀も最低限は扱えます」

「お、教えてほしい！　オ、オレに、刀の、振るい方」

つっかえながらも、エドガーは素直な気持ちを口にした。

「その言葉を待っていました。私でよければ、いくらでも教えます」

「じゃあ早速！　外じゃ人目につくから、屋上でいい？」

「問題ありません。行きましょう」

嬉しそうに刀を眺めるエドガーを見て、ミミは小さく吐息を漏《も》らした。

「風除けの魔法をこの屋上にかけました。これで風の影響を受けずに刀を振るえます」

「そんなことまでできるのか。早速、試し斬りしてみたい！」

「準備してあります」

ミミは屋上の端に用意してあったものを、エドガーの目の前に置いた。

「この植物は？」

「『竹』です。なんとか入手しました。雰囲気が出るかなと」

「出てるね、雰囲気。この植物も資料で見たことある。小説だと、竹林の中で斬り合って、外すと竹がスパーンと斬れるんだ。まさか体験できるなんて！」

エドガーは刀身を抜き、鞘を置いてから、柄を力いっぱい握って、大きく振りかぶった。

えいや！　という掛け声とともに、銀色の刀身がギラリと光る。

力任せに振られた刀身は、竹を真っ二つに——することはできなかった。

乾いた音とともに、刀身は弾かれ、手にはその反動だけが残る。

「あ、あれ？　斬れない？　なんで？」

こんなに長い刃物なのだから、振れば斬れるはずなのに、と思っていたエドガーは困惑した。

「刃筋が通っていないからですね。ちょっと刀を貸してください」

ミミは、呆然《ぼうぜん》と佇《たたず》むエドガーの手から刀を引き抜き、大上段に構える。

エドガーが自分の近くから離れたのを横目で確認するや否や。

一閃。

竹は、斜めに走った切れ目に沿って、二つに分かたれた。

「すごい。全然力を入れているように見えなかった。こんなに綺麗《きれい》に斬れるなんて」

エドガーはすぐに竹に駆け寄り、滑らかな断面を指でなぞる。

「斬る瞬間にだけ力を込めていますので。それより気付きましたか？　刀を振るう時の音に」

「そういえば、風切り音が違ったような」

「刃筋を通さなければ、あのような音は出ません。あなたの時は通っていなかったため、私の時のような鋭い音ではなく、鈍い音が出ていたはずです。竹を斬るくらいなら、そこまで筋力を必要としません。刀の重量が補ってくれます。大事なのは力の入れ方、入れるタイミングと、刃筋を通すこと。つまりは刃の角度と軌道ですね」

「面白《おもしろ》そうだ！　そのあたりのこと、もっと教えてほしい！」

斬れなかった悔しさよりも好奇心が勝ったのか、エドガーは上ずった声でミミに駆け寄った。

「お任せください。みっちり教えて差し上げます」

ミミは、鞘をエドガーのベルトに挟みながら、そう答えた。

それから約八時間、エドガーはミミから指導を受けた。休憩は食事の時のみ。ミミは言わずもがな、エドガーも凄《すさ》まじい集中力を発揮した。

「そろそろ良さそうですね。斬ってみましょうか」

「緊張するね」

「今まで習ったことを思い出せば大丈夫です」

「小指と薬指で振る、刃筋を通す、斬る瞬間にだけ力を込める、右足は真《ま》っすぐ踏み出す、左足は斜め――」

呟きながら、エドガーは肩の力を抜き、刀を構える。

刀は、普段身体を鍛えていない者にとって、かなり重く感じる。エドガーの筋肉はとっくに悲鳴を上げていた。

短く、鋭い吐息とともに、刃が煌めく。

残心。

気付いた時には、竹が半分になっていた。

「や、やった。やった！　ミミ、やったよ！」

納刀してから、エドガーは喜色満面、見守っていたミミのもとに走る。

「短期間でよくぞここまで振るえるようになりました。素晴らしいです」

「ミミのおかげだよ！　オレがギリギリついていけるぐらいの厳しさ加減だった！　教えるのが上手《うま》いね！　もう、胸がいっぱいだ」

エドガーは、昇りかけている月に目を細めながら、柄頭を撫でた。

「刀を振るったその瞬間、私にはあなたがサムライに見えましたよ」

ミミのその言葉に、エドガーは背を向けたまま、小さく肩を揺らした。

DAY4

エドガーは筋肉痛がひどかったため、昨日のように起きてすぐに読書はできなかった。身体のどこかが痛むと気が散って没入感に支障が出る。そのため今日は研究することにした。

エドガーとミミは、それぞれ朝食を摂る。二人の間には、どこか気安い空気が流れていた。

先に食べ終わったミミは、エドガーをジッと見つめながら、口火を切った。

「あなたは不思議な人です。大抵の人は、自分を殺す相手、つまり私を殺そうとするのですが、そういうことは一切《いっさい》してきませんよね」

「うん？　したじゃないか、初日に。もうあの時点で、ミミには一生敵《かな》わないだろうと思った。オレが殺されるという結果が変わることがなくなった。なら、残された時間を有意義に過ごす方が効率的だ」

エドガーは何を当たり前のことを、と言わんばかりに、すまし顔で食事を続ける。

「理性的過ぎますね。怖くないんですか？」

「現実味がないからかな。そこまで恐怖を感じていないのは。無意識に現実逃避しているのかもしれない」

「それができているうちは、それでいいかもしれませんね」

「まるで最期はそうはいかないとでも言いたげだね」

「ご安心ください。場合によっては、痛みなく命を奪い去る魔法を使いますので。気付かないうちに、まるで眠るように、意識が落ちていくでしょう」

「その『場合』とは？」

「罪を犯した動機です」

エドガーは食事の手を止め、ミミの目を見返した。

「オレが、なぜ研究所の人間を殺したか。ミミはそれを知りたいと？　どうせ殺す相手なのに？」

「はい。あなたの存在を、私の中に遺すためにも」

ミミの眼差《まなざ》しを受けて、エドガーは非常食を一息に飲み込んだ。

「本当は自分の研究で、人々の記憶に、生活にオレの存在を遺したかったんだけど、研究所で人を殺したから、それは叶わなくなった。そっか、そういう形で、人の中に遺れるのか。自分の人生を、遺すことができるんだ。考えもしなかったな」

　エドガーはベッドで仰向《あおむ》けになると、両手を頭の下に差し込みながら、無機質な天井を見つめた。

「私は、決して忘れません。自分が手にかけた人のことを」

「一つ訊きたい。オレってさ、ミミの会社？　以外からも、当然狙《ねら》われてるよな」

「ええ。警察はもちろん、他の殺し屋からも。どうやら、依頼主はあなたのことを相当恐れているらしく、私たちの事務所以外にも依頼していたようです。ですがご安心ください。警察はまだあなたの情報を摑めていませんし、他の殺し屋については、私の事務所所属の殺し屋が妨害していますので、ここまで辿り着くことはないでしょう。少なくとも、期日までは」

　他組織の殺し屋の妨害を担っているのは、もちろんニイニ。多忙の原因の一つがこれだ。

「どっちにしろオレは殺される運命にある。分かってはいた。そう、そうだよな。うん、分かった、話すよ」

「ありがとうございます」

　ミミは、部屋の隅に膝《ひざ》を抱えるように座り込み、エドガーの声に耳を傾ける。

「実はオレの中で、まだ感情の整理がついてないんだ。だからまず、事実だけを端的に話す。オレは研究所の所長夫妻の一人息子だった。研究ばかりの両親だったから、当然育児なんかしなかった。オレは乳母とベビーシッターに育てられた。物心がついて、その二人が解雇されてからは、研究員たちが持ち回りでオレに勉強を教えた。同年代の友達なんていなかったから、昔から本が友達だったな」

　エドガーは自嘲気味に笑いながら、ベッドの脇に積み重なっている本の背を撫でた。

「研究所の人たち全員が親みたいなものだったのですね」

「いいや、みんな事務的だったよ。多分、両親が何か言ってたんじゃないかな。遊びよりも勉強、みたいなことを。そうやって一四歳くらいまで過ごしたんだけど、ある日、被検体になってから、生活が一変した。まるで実験動物みたいに扱われたんだ。危険物を食べさせられたり、耐久テストをされたり……。逃げ出すまでの二年間、安眠できた日は一日もなかった」

「どうして、両親はそんなことを」

「被検体は一体用意するのにも莫大な資金がかかるからね。その点、息子ならどんなことをしても問題無かった。使い勝手が良かったんだと思う」

「辛く、なかったのですか」

「身体は辛かった。でも全然耐えられた。だって、両親の、実験の役に立ってたから。前も言ったけど、オレは自分の研究で両親に認められたかったんだ。そのための研究時間は、ちゃんと確保できてた。オレも両親と同じように、研究に生きるんだって、思ってた」

　そこで言葉を切ったエドガーは、動悸を抑えるように、胸に手を当てた。

「ちょっと休憩しましょうか。昨日の復習をしに屋上に行きますか？　それとも気分転換に料理でもしましょうか。私、こう見えて料理得意なんですよ」

「気遣いありがとう。でも大丈夫。話すのに覚悟がいるだけだ。大丈夫。大丈夫」

自分にそう言い聞かせながら、エドガーは深呼吸をした。

「いつまでも、待ちますから」

「ミミは甘いよ。そんなこと言われたら話せなくなっちゃう。――オレさ、聞いちゃったんだよ。両親と研究員との話を。普段は、実験が終わった後、副作用で動けなくなるから、自室で待機してるんだけど、その日だけはなぜか副作用が軽かったんだ。オレに耐性が付いたのか、投与量を間違えたのか、もう検証はできないけど、とにかく動けた。だから、報告をしに行くために自室を出て、両親のもとに向かったんだ。その時はワクワクしてた。副作用が軽くなったことには何かしらの理由がある。きっと実験の進展に繋がる。そうすれば、両親も喜ぶし、研究も進むしで、良いことずくめだ」

ミミはここで嫌な予感がして、額に浮かんだ汗を拭う。

何人ものターゲットと接してきた。だから分かってしまう。核心に迫るその瞬間が。

「バカだったよ。そうやって期待するほど、裏切られた時の傷は大きくなるのにね。ごめん、詳しい会話までは思い出せない。覚えてるのはその内容だけ。あのね、あの、オレ、被検体なんかじゃなかった。ただの、ストレス発散のおもちゃだったんだ。何か、みんな、色々、国からの指示とかで、ストレスたまってたらしくて、実験でも何でもなく、倫理的な観点から試せなかった薬とか使って、オレの反応を楽しんでたんだって。オレが個別にやってた実験も、子どもの遊びだって、みんなで笑ってたんだって。オレの研究を見ると、みんなのモチベーションが上がるんだって。自分たちがいかに優れてるか、実感できるんだって」

「もういいです。そこまで話さなくても、十分伝わりました。それ以上、自分を傷つけるのはやめてください」

ミミはたまらずストップをかけた。エドガーの声は可哀そうなほど震えていて、瞳からは今にも大粒の雫が零れ落ちそうだったから。

「それ聞いちゃったらさ、もう、ダメだった。両親のためなら、両親の研究の発展に繋がるなら、耐えられたんだ。それがオレたち親子の形なんだって、思えた。オレの研究が優れたものなら、両親は、同じ研究員として、オレを認めてくれると思った。何年かかっても、成し遂げようと思ってた。両親が褒めてくれるとしたら、それしかないと思ってた」

エドガーは、まるで自分の目を圧し潰《つぶ》すかのように、両の手の平を瞼に当てる。

「何もかもが崩れ去った！　パパとママは、オレになんてこれっぽっちも期待していなかったどころか、疎ましく思ってた！　こんなに研究の邪魔になるなら生まなきゃよかったって言ってたんだ！　……それらを聞いた次の日、これまで耐えられていたのに、副作用が辛くて、辛くて、死の危険を感じた。もう両親を両親とも思えなかった。がむしゃらに暴《あば》れた。生きるために、あそこから逃げ出すために、殺した。殺した罪悪感はあるよ。でも、それ以上に、オレが殺しきれなかった、今も生きてる父親や他の研究員が怖い。オレを探し出して、またおもちゃにするんじゃないかって。オレが死ぬまで、オレで遊ぶんじゃないかって」

そこまで話しきると、エドガーは叫び声を上げた。

自身の叫び声に驚き、それでも止められず、枕に顔を押し当てる。

ミミはすぐにエドガーに寄り添い、頭や腕、背中など、震えているところを、優しく撫でる。

エドガーが落ち着くまで、一言も発さず、そうし続けた。

枕に顔を埋めたまま、エドガーは眠りに落ちる。枕には、涙によるシミが広がっていた。

翌日に至るまで、エドガーは眠り続けた。途中起きても、何をするでもなく天井を眺め、また眠る。その繰り返しだった。

ＤＡＹ５

「ミミ、おはよう」

「おはようございます」

赤く腫れた目を隠すようにこすりながら、エドガーは朝の挨拶《あいさつ》をした。

ミミも、くいっと猫耳フードを指にひっかけて押し上げ、顔がよく見えるようにしてから、挨拶を返す。

「久しぶりに、こんなにぐっすり眠れたような気がする」

「そうですか。昨日は、身の上を話してくださり、ありがとうございました。もう過去の話はしなくてもいいですから、今日も含めて残り三日間は楽しいことをしましょう。また刀を振りますか？　もう素振りは十分なので、次は『技』に挑戦しましょうか。それとも一日中読書をしましょうか。読書の邪魔はしません。私、気配を消すことだけは得意なんです。研究してもいいですよ。助手として動けます。毒への耐性はあなたよりあります」

昨夜、辛い過去を思い出させてしまったことに負い目を感じていたため、ミミにしては珍しく、一気にまくし立てる。

エドガーはただ微笑んで、そんなミミを見つめた。

「やりたいことはのんびり決めるよ。それよりさ、オレを殺す時、場合によっては痛みなく命を奪う魔法を使うって言ってたけど——」

「もちろん、その魔法を使います。その点は心配しなくてもいいです」

多少食い気味に伝える。それを聞いて、エドガーは大きく伸びをした。

「良かったよ。痛いのは、もうたくさんだ。ところで、ミミの隣にいるその人は誰？　服装が似てるから、殺し屋仲間？」

言われて気付く。その人物に。

「シロ。あなた、なぜ姿を現したんですか」

「ミミせんぱーい、あたしが隠密魔法解いたことにすぐ気付けないなんて、気が緩みすぎなんじゃないのぉ？」

シロは、ミミに気付かれなかったのがよほど嬉しかったのか、口角がとんでもないくらい上がっている。

「う、うるさいです。なぜ隠密魔法を解いたのか訊いてるんです」

「だって、次の任務は途中から任せてくれるって言ったのに、一向に声かからないんだもん。自分から出てきちゃった」

「それは、その」

ミミは珍しく口ごもった。

四日目か五日目には引き継ごうと、任務がはじまる前には考えていたのに。

任務に、ターゲットに集中していて、完全に忘れていた。

それは、感情的になっていたことの証左。

自分の感情を優先し、部下の育成を疎かにした。

内省していると、脳裏に一人の人物が浮かんだ。

アルクも、こんな風に悩みながら、私を殺し屋として育てたのだろうか。

たじろいだミミを見て、興味深げに目を瞬かせながら、エドガーは微笑む。

「任務を途中から任せるつもりってことは、今からそのシロって子がオレの担当者になるってことかな？」

ミミが答えるより早く、シロが元気よく手を上げる。

「はいはーい！　そうでーす！　あたしはコードネーム46！　シロって呼んでね！　ミミ先輩唯一の後輩にして、期待の新人！　ずっと情報班で働いてはいたけど！」

「へぇ。情報班なんてあるんだ。じゃあミミは何班？」

「実働班だよ～。うちの組織では花形なんだ。全ての能力に秀でてないとなれないんだよ！ターゲットの中に凶悪犯がいることも珍しくないからね。警察から逃げおおせている時点で相当厄介な相手だし、それを遥かに上回る技量を持ってなきゃ」

「じゃあシロは、実力を買われて実働班に？」

「それもあるし、あたしの、ミミ先輩と働きたいっていう熱意もあるかな！　だから今、こうしてミミ先輩のもとで研修受けられて、幸せなんだ～」

エドガーはそれを聞いて、おかしそうに笑った。

「研修か。この変な殺し方を引き継ぐわけだね」

「そうそう！　その極意を学ぶべく、残りの日数、あなたを担当させていただきます！」

「ちょ、ちょっと待ってください。何を勝手に話を進めてるんですか」

「だってぇ、ミミ先輩が進めてくれないからぁ」

ミミの怒気を感じ取ったシロは、もじもじ手遊びしながらうつむく。

「そんなに怒らないであげてよミミ。オレでよければ、シロの研修相手になる。もう十分、ミミには助けてもらったよ。シロが育てば、ミミも嬉しいんでしょ？　少しくらいは、恩返しさせてほしいな」

エドガーの、木漏れ日《こもび》のような瞳と目が合うと、ミミは身体の力が一気に抜けた。もう、エドガーに対する自分の役割は、果たせたのかもしれない。

「ありがとうございます。それでは、頼んでもよろしいでしょうか」

「もちろん。ここ数日間、楽しかったよ。ずっとやりたかったことができたし、話を聞いてもらえて、嬉しかった。思えば、生まれてからずっと、あんなに人に、自分の話を聞いてもらったことなんて、なかった。誰も、オレの話に興味なかったから。オレを殺しにきたのが、ミミで良かった」

「――残りの日数はシロに任せますが、約束通り、最期は私の魔法で痛みなく殺します」

「うん。約束だ」

ミミも、エドガーに微笑みを返す。

「あのぅ、あたし、出番なさそ？」

おどけた声音でそう言うシロに、ミミは鋭い視線を突き刺す。

「あります。今日も入れてあと三日。全力で任務に励むように。私が教えたことを思い出しながら、忠実にこなしてください」

「うわぁ、怖いなぁ。大丈夫だって！　ターゲットの願いを引き出して、それを叶えてあげる。もうミミ先輩がやっちゃったかもだけど、あたしはあたしなりにやってみるから！」

やる気に満ち溢《あふ》れているシロと、穏やかに佇むエドガー。

「犯罪行為だけはダメですよ。それ以外なら、何でも手伝ってあげてくださいね」

「はーい！」

ミミはエドガーと目を合わせて、ちょこんと小さく頭を下げると、姿を消した。

DAY6

ミミは、ニイニから招集がかかったため、一時的に事務所に戻って、情報収集や依頼人対応をしていた。犯罪をよく起こす宗教組織の対応にニイニが追われていたため、ミミかシロどちらかが必要だった。その宗教組織はどこかから派生したもので、大本を突き止めるために、ニイニ自らが動くことになったらしい。ニイニとミミ、二人しかいない組織のため、イレギュラーが発生するとすぐに忙しくなってしまう。

任された仕事が一通り終わったため、ミミは様子見のためにエドガーの隠れ家を訪ねた。

二人並んでベッドに腰かけながら一冊の本を開き、あーだこーだ議論していたようだ。

「あ、ミミ先輩きた！」

ミミの侵入に気付いたシロが声を上げる。

隠密魔法を解いたミミは、駆け寄ってきたシロをスルーして、真っすぐエドガーのもとへ向かった。

「無事ですか？　シロが粗相を働きませんでしたか？」

「楽しくやってるよ。シロとは意外と気が合うんだ。シロは情報班？　にいたんだよね。だからかな。知識が豊富で、様々な分野を横断して掘り下げられるから、会話が止まらなくなる。あと、お互いの両親の話をしたり、オレの研究内容に別視点から意見をくれたり……とにかく話が尽きないね。困ったことは、熱中して、食事を忘れそうになったことくらいかな」

朗らかに笑うエドガーを見て、ミミは肩に入った力を抜いた。

どうやら、シロはちゃんとターゲットに寄り添えているらしい。

「そうですか。それは良かったです。それなら、もっと早くシロと引き合わせた方が良かったかもしれませんね」

「いいや。ミミとの時間も必要だったよ」

瞬きが増えたことを自覚したミミは、エドガーに背を向けた。

「順調そうなので、私は自分の仕事に戻りますね」

「うん。いってらっしゃい」

エドガーは、立ち去ろうとするその小さな背に、手を振った。

「ねぇミミ先輩！　あたしにもかまってよ！　褒めてくれてもよくない!?」

シロはミミの前に立ちふさがるも、跳躍され、軽々と頭上を超えられた。

「褒めるのは最後までやり切った後です。気を抜かず任務に励みなさい」

「もう！　ミミ先輩のいじわる！」

シロの追撃が来る前に、ミミは隠密魔法を使い、エドガーの隠れ家を後にした。

DAY7

最終日。仕事を早めに終わらせたミミは、昼間からエドガーとシロのもとへ向かった。

近づきすぎるとシロにバレるため、遠くから見守る。
○時が近くなるまで、二人のことを観察するつもりだった。
昼食後、エドガーはシロと連れ立って外へ出る。

ミミは遠くから盗聴魔法を使い、二人の会話を聞いた。持っていてもしょうがないからと、研究所から持ってきたお金を使い切って豪遊するらしい。

エドガーとシロは相変わらず仲が良いようで、遠目でも楽しそうにしているのが分かる。

どこの店に入るのか。何を買うのか。

商店街を歩き、自由気ままに興味を惹かれる商品を探していた二人は、急に足を止めた。

顔色の悪い男性と何かを話している。
シロが一瞬、こちらを見た。
盗聴魔法が阻害された。話の内容が聞き取れない。
かなり離れていて、かつ隠密魔法も使用していたのに、気付かれていた。
シロがその男性を路地裏に連れ込む。
何かが起こる。危険な何かが。
あらゆる魔法を駆使し、ミミは最速で現場に駆け付けた。
路地裏に入った瞬間、濃い血のにおいが鼻に突き刺さる。
ひと目で分かった。エドガーが魔法で、その通行人を殺したことを。
「何を、しているのですか⁉」
エドガーは、自身の首に刀を押し当てていた。
「最期に会えて良かったよ、ミミ。ありがとう。じゃあね」
鮮血が、ミミの目元に飛んできて、頰《ほお》を伝い、地面に落ちていく。
ほんの僅か。あと少しで、その手を止めることができた。
ミミは呆然と、自死したエドガーに目を落とす。
「さあ、片付けちゃおっか！　今回は死体が二つもあるから、大変だなー」
普段と全く変わらない様子のシロが、エドガーに殺された何者かの死体に手を伸ばす。

エドガーから目を逸らさないまま、ミミは感情のままに声を震わせた。

「あなたがついていながら、どうしてこんなことになったのですか！　ターゲットに、犯罪行為をさせてはいけません！　自死だって、なんで、こんな――」

シロは手を止め、なぜ自分が怒られているのか分からないとでも言いたげに、首を傾げた。

「こうすることが、ターゲットの願いだったから。ミミ先輩に犯罪行為はさせちゃダメって言われたことは覚えてたよ。でも、それじゃあターゲットの願いを叶えられない。だから、ターゲットの願いの方を優先したんだ～」

「これが、エドガーの、願い？」

「そうそう。ミミ先輩が引き出した、サムライ関連みたいな浅いやつじゃなくて、もっともっと深いやつ。ターゲットはね、復讐したかったんだよ。自分の両親に。だから、連れてきてあげたんだー。ターゲットの父親を上手く誘導して、ここまでね。それで、ターゲットは無事、復讐を遂げることができた！」

「なら、なぜエドガーは自分で、首を斬ったのですか」

「ミミ先輩なら、痛くない方法で殺してくれるよ～って言ったんだけどね。そこまで他人に背負わせたくないし、復讐は終わったし、人を何人も殺してしまったことにもう耐えられないからって、自分でやっちゃった。自分で死ぬことも、ターゲットのやりたかったことなんだよ。ね、ミミ先輩、はじめてにしては上出来でしょ？　ターゲットが心の底からやりたかったこと、全部やらせてあげることができたよ！」

褒めて褒めてと言いながら頭を差し出してくるシロに、ミミは何をすることも、言うこともできなかった。

「あれ？　ミミ先輩？　おーい？　聞こえてる？」

立ち尽くすミミから、反応はない。シロは不貞腐れつつ、撫でてもらうことを諦《あきら》めて、死体処理に戻った。

シロがエドガーの遺体を担ごうとしたところで、エドガーの目が見開かれたままなことにミミは気付き、目を閉じさせる。

「《汝の旅路に幸あらんことを《Bon Voyage》》」

かすれた声で、そう囁《ささや》くことしかできなかった。

任務終了後は、いつもすぐにニイニのもとに向かうのだが、ミミの足は自室に向いていた。

ひたすら、自分を責め続けていた。

シロに任せても問題ないと判断し、監視を怠った。

エドガーに、罪を重ねさせてしまった。

エドガーの本心に、触れることができなかった。その機会を、自ら棒に振った。

シロに言うべき言葉を見つけられなかった。

エドガーの願いが、殺し損ねた父親を殺すことだと知ったら、自分はどうしていたか、分からなかった。

ターゲットが自死を望んだ場合、何をしてあげられたのか、それも分からなかった。

分からないことだらけだった。

仕方なかった、と切り捨てることは簡単だ。

簡単だからこそ、してはならない。人の命を扱う者として。

自室に引きこもり、自問自答をし続ける。

「ミミせんぱ～い、報告まで全部終わらせたよ～。一緒にお菓子でも食べようよ～」

ドア越しに聞こえるシロの声に背を向けるように、ミミは寝返りを打った。

「そういう気分ではありません。休ませてくれませんか」

「そんなに体力使うことあったっけ？　まあいっか、おやすみ～」

シロの足音が遠ざかると、ミミはまた思考を巡らせはじめる。

何時間も考え続けた結果、脳が疲れを訴えたため、仕方なく眠りについた。

一晩経《た》っても、答えは出なかった。

第三章　社長殺しの元傭兵

DAY1

「一週間後、あなたを殺します」

「《超越強化《トランセンド・フォース》》」

大きな工房の屋根の上で、突如はじまる戦闘。

ミミは、初撃を防がれたことに驚いていた。

ミミのナイフと、小柄な女性の剣が何度もぶつかる。

単純な戦闘能力では互角。

それを把握したミミは、戦闘に隠密魔法を混ぜる。

そうしただけで、勝敗はあっけなくついた。

「抵抗は無駄です。武器をおろしてください」

「あんた、暗殺者だな？　ここまでの隠密魔法使いにゃ出会ったことがない。アタシの負けだ。好きにしろ」

幼い声質のミミとは対照的な、迫力のあるハスキーボイス。

女性は握っていた剣を屋根に落とす。その行動により背後から首元に突きつけられたナイフが離れたのを見て、即座に身を捻りつつ肘鉄でミミを狙《ねら》った。

その動きが予想できていたかのように、ミミは跳躍してそれを避け、両脚を女性の首にからませて締め上げた。

「抵抗は無駄だと言ったはずですが」

「分かった、から、離、せ」

気絶寸前のところで、ミミは女性を解放した。

軽く咳き込みながら、女性は立ち上がった。長めのポニーテールが、強風にあおられて大きく揺れた。

「それと、その身体強化魔法も解いてください。厄介なので」

「まさか、このアタシが単純な戦闘でこんなに圧《お》されるなんて、思ってもみなかった」

ミミは女性の身体から魔力が消えたことを確認してから、ナイフをしまった。

「強いですね、あなたは。でも私には敵《かな》いません。それに、あなたは気付いてはいないと思いますが、私の近くに仲間が潜んでいます。出てきてください」

「はぁい！　こんにちは！　あたしはコードネーム46！　シロって呼んでね！」

ミミのすぐ横に、シロが現れる。

今回の任務は、シロと二人で行う。前回の任務みたいにならないように。

「何だと？　全く気付かなかった。あんたら、相当手練れの殺し屋だね。アタシも運の尽きか。くそ、並みの殺し屋なら返り討ちにできたのに！」

女性は射殺《いころ》さんばかりの目で二人を睨《にら》みつけた。炎のような橙色の瞳《ひとみ》が燃えているようだ。

「私たちの実力を分かっていただけて何よりです」

「それで？　アタシを殺しにきたのなら、なぜ今殺さない？　わざわざ一週間の猶予を与える狙いはなんだ？　情報なら吐かない。今すぐ舌を噛み切ったっていいんだぞ」

女性からは、本当にそれをやりかねない気迫を感じた。

「いえ。私が依頼されているのは、あなたを殺すこと、ただそれだけです」

「じゃあなんで」

「私のポリシーです。あなたはこの一週間、後悔の無いよう、好きに過ごしてください」

「バカ言ってんじゃない。そんな変な殺し屋がいてたまるか」

「現にいます。ここに」

「信じられない。何か狙いがあるんだろ？」

「ありません」

女性は、ミミから視線を逸らさないまま、ゆっくりと屋根の上に仰向《あおむ》けになる。

「アタシはこの時間、いつもここで休憩をとっている。あんたが来たせいで中断されたから、今から休憩を再開する」

「私もそうしますね」

「やったー！　任務中なのにお昼寝できるなんてラッキー！」

ミミも女性の横で仰向けになった。シロもそれにならう。

シロが寝息を立てる中、ミミと女性は、横目で相手を観察する。そのまま三〇分、互いに微動だにしないまま時が過ぎた。

「攻撃してこない、か。アタシは仕事に戻る。あんたらはどうする」

二人は同時に立ち上がり、向き合う。シロは涎を拭いながら、慌てて起き上がった。

「隠密魔法で姿を消しながら、あなたの近くに潜伏しています。どうぞお好きに過ごしてください。ただ、怪しい動きをした瞬間、あなたを含め、仕事場の人間全《すべ》てを無力化します」

「ハッ！　もし仕事場の仲間が、アタシと同じくらい強かったらどうする？　集団戦に長けているかもしれなかったらどうする？　本当に無力化なんてできるのか？」

「仕事場の人間の素性は調べてあります。軍役経験者がいるものの、私たち二人の敵ではありません」

「言ってくれるじゃねぇか」

「先ほどの戦闘、私は本気を出していませんでした。小手調べみたいなものです。攻撃魔法も見せていません。それに、ここにいるシロは私以上の暗殺能力を持っています」

「あんたのその話、はったりってセンもあるよな？」

「ありません」

ミミの指先から黒く細い紐《ひも》のようなものが飛び出し、瞬く間に女性の首に巻き付いた。

「……嘘《うそ》じゃ、なさそうだな」

額から汗が流れ落ちる。下手な動きをすれば、首を絞められることくらい分かった。

「今は一本しか出していませんが、一〇本の指全てから出せる上、伸縮自在で、防御魔法もすり抜けます。集団戦ではこの手の魔法を使う上、場合によっては大規模攻撃魔法も使います。先ほどの戦闘でお判りでしょうが、私の魔力量は尋常ではありませんよ」

「だろうな。あれだけの身体強化魔法と隠密魔法を併用するなんて、普通の人間じゃ無理だ。祝詞《ノリト》無しで魔法を使える原理も全く分からない。底が知れない。あんた、ただの殺し屋じゃないな。まさか国の回しモンか?」

「いいえ。ただの殺し屋です」

「ただの、じゃないね。一級品の殺し屋だ。依頼主はよほど金を積んだんだね」

「良心的な価格でやらせてもらってます」

「あんたと話していても埒があかないな」

女性は、屋根の上から飛び降りた。一般的な建物の二階に相当する高さなのに、ことともなげに着地する。驚異的な身体能力だった。

ミミも後を追って飛び降りる。

女性は改めて戦慄《せんりつ》した。着地音がしなかったからだ。

「お仕事、頑張ってくださいね」

「仕事場の仲間には手を出すなよ」

「もちろんです」

そう言うと、ミミは姿を消した。

女性は何度も背後を振り向きながら、工房に入っていく。

「おいルシル、おせぇぞ！　休憩時間過ぎてるじゃねぇか！」

工房内には多くの職人たちがいた。図面を手に議論していたり、試作品を見比べて意見を交換していたりと、そこかしこで活気ある作業が進行している。

「悪い悪い、ちょぃと訓練に力が入っちまってな」

「わざわざ屋根の上でやるこたぁねぇだろ。うるさかったんだぞ！」

「悪かったって。さ、試作品のテストしてくぞ！」

「おう！　今回のは自信作なんだ！　早く試してぇ！」

この工房は、武器や防具など、戦闘にかかわるもの全般を扱っている。また、既製品ではなく、新規品をどんどん開発していくのも、この工房の特徴だ。

ルシルはそこで、試作品の検証と助言を行う仕事をしている。それ以外にも、力仕事や雑用、各班との橋渡しなど、せわしなく動いていた。

二一時になったところで、業務が終了。どうやらこれから全員で食事に向かうようだ。

「アタシ、ちょっと今日は予定あるから、お前らだけでメシ食ってくれ！　じゃあな！」

「お、珍しいな。また明日も頼むぞ～」

「おう！　また明日！」

元気よくそう言い残して、ルシルは工房の扉を開けた。

「《超越強化《トランセンド・フォース》》」

外に出るなり魔法を発動し、大きく跳躍。家屋の屋根から屋根へと高速で飛び移りながら剣を抜く。

「どこへ行くつもりですか？」

声が聞こえた方に剣を振るう。手応えは、ない。

魔力をほぼ全て身体強化魔法に使い、最大限に高めた感覚器をもってしても、全く知覚できなかった。

戦闘ではなく、逃走に切り替えるべく、屋根から路地へ降りようとしたら、身体の自由が利《き》かなくなった。

気付けば、四肢を魔法の黒い紐で縛られていた。

「どう足掻いても、逃げられないってか」

月を背に、ミミの黒いシルエットがぼうっと浮かび上がる。数秒遅れてシロが、ミミ先輩が全部やっちゃう、つまらないなどとぶつくさ呟きながら現れた。

「そうです。私の存在により、あなたの死は確定しています」

「この、死神め」

「申し遅れました。私はコードネーム33。ミミとお呼びください」

ルシルは、その蒼と金の瞳を、忌々しげに睨んだ。

DAY2

「あなたも懲りませんね。いくらやっても無駄です」

「あんた、恐ろしいほどに隙が、ないね！」

起き抜けにミミに飛び掛かったルシルは、ものの数秒で組み敷かれた。

深夜にも不意打ちを仕掛けてみたが、同じように返り討ちにあった。

ならばとシロに襲いかかっても、すぐに隠密魔法で逃げられて、そもそも接触すらできなかった。

「仮に隙を突けたとしても、私の身体は攻撃に対し無意識に反応して、致命傷を避ける動きか、反撃の動きをとることでしょう」

「どんな訓練積んだら、そこまでになれるんだ」

「生まれた時から、組織で殺し屋になるために育てられましたから。訓練で死にかけたことは数えきれないほどあります」

「はぁ。アタシも数多くの戦場を経験して生き残ってきたんだぞ、って自負はあったんだがな。

あんたみたいのを目の当《ま》たり《あ》にすると、世界の広さを実感するよ。にしても若いな。何歳?」

「一四です」

「アタシより一〇も下なのか。才能の塊だな。そこの背が高いあんたは?」

ミミが負けるわけないと確信し、ぐでーんと部屋の隅で寝転がっていたシロ。急に声をかけられて、びくりと身体を震わせた後、大きなあくびをした。

「あたしは一六だよ~」

「それなのに、そこのちっこいのが先輩なのか」

「うん! あたしのお姉ちゃん候補でもあるよ!」

「年下なのにお姉ちゃん? どういうことだ?」

ルシルは答えを求めるようにミミに目を向ける。

「私にも分かりません」

奇しくも、ミミとルシルのため息のタイミングが重なった。

ミミから解放され、大きく伸びをしたルシルは、朝食を作るべく台所へ向かう。

工房から徒歩三〇分くらいのところにある、小さな一軒家。家も家具も製作者が同じなのか、シンプルながら家全体に統一感がある。

ルシルは焼いたパン、ハムエッグ、サラダ、コーヒーを手早く準備して、日当たりの良い窓際で朝食を摂る。

ミミはリビングの隅で、携帯食料を口に入れた。

シロは、指をくわえながら物欲しそうにルシルの食事を眺めていたが、ルシルにひと睨みされると、小さく悪態をつきつつ携帯食料を取り出す。

ルシルは食事をしながらも、警戒は怠らず、ミミとシロの隙をうかがい続ける。

「食事時くらい、ゆっくりしませんか。それ以上魔力を練るなら、朝食が台無しになってしまいますよ」

「チッ。飯食ってる時もダメか」

「私には二四時間、いかなる状況でも隙は発生しません」

「あんた、実は人間じゃないんだろ。本物の死神なんじゃないの？」

「間違いなく人間なんですが、そう思いたければそれでもいいです」

「そう思わないとやっていけねぇよ。ったく」

ルシルは寝不足の目をこすりながら、ハムエッグを口に詰め込んだ。

「今日は何をしますか？　したいことがあれば手伝いますよ」

「あたしも手伝うよ〜！　こう見えて、結構器用なんだよ？　なんでもできちゃうんだから！」

ルシルは二人を無視して、食器を片付けに行った。その後、ダボッと緩めのズボンとタンクトップに着替え、腰に剣とサバイバルナイフを装備して家を出る。荷造りは済ませており、大きなリュック一つのみを背負っていた。

ミミは、職場へと大股で進んでいくルシルから、一定の距離をとりながら付いていく。

「あんたらみたいな得体の知れない連中に手伝ってもらうことなんて、何もない。今日は退職することを伝えるだけだ」

歩幅の違いのせいで、何度もルシルを抜かしそうになり、その度に減速してルシルの隣に並び直しているシロが、ルシルの顔を覗《のぞ》き込む。

「なんで仕事、辞めちゃうの？」

「あんたらのせいに決まってるだろうが。仲間を危険なことに巻き込めない」

「え〜、あたしたち、ターゲット以外には手出ししないよ？」

「信用できるか。殺し屋のことなんか」

「だよね〜！　分かる分かるぅ」

シロはルシルの二の腕をつっつく。

うっとうしそうに手でシロを追い払ったルシルは、急に動きを止めた。

「ああん？　なんか騒がしいな」

少し先にある工房から怒号が聞こえてくる。激しく人が出入りしており、慌ただしい様子だ。

「おいルシル！　大変なことになった！」

大柄な男性がルシルに駆け寄る。興奮からか、顔が真《ま》っ赤《か》に茹で上がっていた。

「何があった⁉」

「この前、俺《おれ》たちに負けた工房のやつらに、班長をさらわれたんだ！」

「なんだと!?　あいつら、卑怯《ひきょう》な真似を！　許さん！　みんなで手分けして捜しに行くぞ！」

ルシルは血相を変えて、工房の仲間たちと共に作戦を練りはじめた。

ミミとシロは姿を隠しながら、ルシルたちの会話を盗み聞きする。それで得た情報をもとに、脳内で状況を把握する。

ここは、ミミたちの事務所がある、ヴィオス国首都サーナトスにほど近い街。

この街は産業が盛んで、数多くの工房が集まっている。

既製品をひたすら作り続ける工房もあれば、新製品を開発する工房もある。

ルシルたちの工房は後者。発明した新製品は、軍や傭兵団で採用されることがある。そうなると莫大な資金が得られるため、新製品を開発する工房は日夜、鎬を削っていた。

ルシルたちの工房が順調で、他の工房から目を付けられていることは、既に情報として持っている。

過去にルシルたちの工房と競合した工房は全てリストアップ済。可能性として高いのはその中のどこか。

「シロ。私たちがするべきことは、もう分かっていますね？」

シロにだけ聞こえるようにそう言う。

「ターゲットを殺すこと、じゃないよね？」

「当たり前です。ふざけないでください」

「冗談だってばぁ。さらわれた班長を捜索、救出することでしょ？　それが、ターゲットの望んでいることだから」

「その通りです。分かっているじゃないですか。段取りを決めますよ」

ミミは、シロと打ち合わせをしてから、二人がかりで広域探知魔法、追跡魔法等をかけて、ルシルの行動を把握しながら、班長の捜索を行う。

情報班としてトップクラスのシロと、情報班としての才能を周囲から認められているミミ。

この二人が協力した結果、三〇分もしないうちに、全てが終わった。

「班長の救出、かんりょーしました！」

ルシルたちは、ようやく計画を立て終え、さあ今から街へ繰り出すぞ、といったタイミングで、工房の出入り口に現れたシロとミミに、目を丸くした。

「はい？　あんた、何言って――」

「た、助かったぁ！　みんなぁ！」

班長が工房の仲間たちに駆け寄っていく。困惑しながらも、仲間たちは班長に群がり、ハグを交わしていった。

そんな中、ルシルだけが真《ま》っすぐ向かってくる。

「なんでこんなことしたんだ？」

ルシルは、周囲に会話が聞こえないよう、小声で話す。

「んー、あたしはただ、ミミ先輩のやり方を真似してるだけなんだよね。ターゲットの望みを叶《かな》えよ！　っていう。ね、ミミ先輩？」

やり遂げた達成感からか、胸を張っているシロは、隣に立つミミに笑いかけた。

「はい。私の趣味は人助けですので。当然のことをしたまでです」

ルシルはそれを聞いて、眉間にしわを寄せた。

「あんたら、殺し屋だろ？　冗談はやめな」

「冗談ではありません。本気です。趣味は個人の自由です」

「そりゃ、そうかもしれないけど」

「それに、私は言ったはずですよ。したいことがあれば手伝います、と。班長さんを助けるのが、あなたのしたいことですよね。私はそれを手伝っただけです」

「手伝ったっていうか、あんたらが全部やったんじゃないか」

「それは捉《とら》え方次第かと」

「あーもう細かいことはいい。誰《だれ》が班長をさらった？」

「南工房ですね。もう警察に引き渡してありますので、すぐに工房は解体されるでしょう」

「こんな短時間で……。やっぱりあんたら、普通じゃないよ」

「お褒めに預かり光栄です」

「変なやつ。礼は言わないからな。これも何かの罠《わな》かもしれない。班長がさらわれたのも、お前が仕組んだんじゃないのか？」

「いいえ。そんなことをするメリットがありません」

「アタシの信用を得るためとか」

「信用を得てどうするのですか。私たちはあなたを殺しにきたんですよ」

ルシルは難しい顔をした後、長々とため息を吐いた。

「アタシには、あんたらが考えていることがサッパリ分からん。とりあえず事件は解決したから、アタシは退職することを仲間に伝えてくる。あんたらは大人しく――」

「そこの嬢ちゃんたち！　班長を助けてくれてありがとな！　ルシルの連れなんだろ？　今日はもう仕事にならないから、今から宴会することになった！　嬢ちゃんたちも参加しな！」

大柄な男が、満面の笑みを浮かべながら、ミミに手を振っていた。

「どうしましょう？」

「そうだな、あいつらが言うなら仕方ねぇ。あんたらも参加しな」

「了解」

「やったー！　あたし、宴会ってはじめてかも！」

それからはもう、飲めや歌えやのどんちゃん騒ぎ。次々に酒や料理が運ばれてくる。

ミミはジンジャーエールをちびちび飲みながら、仲間と騒ぐルシルを工房の隅から眺めていた。

シロはシロで、すっかり馴染んでおり、曲芸を披露して拍手喝采を浴びていた。

宴もたけなわというところで、ルシルが退職することを切り出す。工房内は再び喧騒に包まれた。質問攻めにするものや、号泣するものや、告白してフラれるものや、脚にすがりついて蹴《け》られるもの等々、阿鼻叫喚の様子を呈する工房。

ルシルの退職によって発生した二次会は、夜が明けるまで続いたのだった。

ＤＡＹ３

「おい、殺し屋ども、いるんだろ。そろそろ出るぞ」

朝日が顔を出した頃、ルシルはむくりと立ち上がり、虚空に向かってそう声をかけた。

工房内では、ルシルの仲間たちがいびきをかきながら寝転がっている。全員酔いつぶれていて、目を覚ましそうにない。

シロも呑気《のんき》に寝ていた。天井《てんじょう》に張りつきながら。

「別れの挨拶《あいさつ》はしなくていいんですか？」

高い天井に足を引っかけて、逆さ吊りになったミミが、工房を俯瞰しながらルシルを目で追う。ルシルは会議用の黒板の前に立ち、チョークを握った。

「宴会で散々しただろ。これでいい」

ルシルは、力強い筆致でこう書いた。

『じゃあなお前ら！　また会う日まで！　健康第一！』

チョークを置いたルシルは、振り返ることなく、工房を出て行く。

ミミは急いでシロを叩《たた》き起こし、後を追った。

ルシルは早朝の、人がまばらな表通りを迷いのない足取りで進んでいく。そんなルシルから数歩下がってミミは付いていった。まだ眠そうなシロを引きずりながら。

「最後の日まで、職場にいても良かったのではありませんか？　今からでも遅くありませんよ？」

「くどい。まだあんたらのこと信用できないんだよ。それに、殺し屋組織って、よく縄張り争いしてるだろ。あんたらがうちの仲間を襲わなくても、あんたらの敵組織に目を付けられるかもしれない」

「それはありません。縄張り争いには勝利しています」

「だとしてもだ。あんたらの組織に恨みを持った連中がいるかもしれないだろ。アタシは一度決めたことは曲げない。それに……」

ルシルは唐突に関所の前で立ち止まった。

振り返ろうとし、思い直してやめた。そんな素振りを見せた。

「名残惜しくなる、ですか」

「湿っぽいのは苦手なんだ。別れは引き延ばすほど辛《つら》くなる。期限が決まっているのなら、なるべく早いうちに済ましちまった方がいい」

ルシルは口に出すことで、前を向けた。

「あなたは、人間臭いですね。嫌いじゃないです」

「知るか。はぁ。あんたと話してるとどうも調子を崩されるね」

文句を言いながら、ルシルは街を出た。

「どこに向かっているのですか?」

「なるべく迷惑がかからないように、あまり人がいないところに行く」

「そうですか」

二人はそれ以降、特に会話をすることなく、淡々と道を歩く。

昼時になれば、川で魚を獲り、焼いて食べ、夕方になれば山に入って動物を狩り、捌いて食べる。ミミやシロも同じように自分で食料を調達して腹を満たした。

ちなみに、道中、ルシルは何度もミミやシロに不意打ちを仕掛けたが、ことごとく返り討ちにあった。ルシルは無理と分かるとすぐに降参し、しばらくは大人しくなるため、ミミはもうルシルからの攻撃にそこまで身構えなくなってきた。

夜になり、野宿をする場所を決めて寝床を整える。

ルシルは火を熾し、その前に腰を下ろすと、リュックの中から酒瓶《さかびん》を取り出した。

「晩酌ですか？　一杯付き合いますよ」

「あたしも～！」

木の上に腰かけながら、ミミはマントの中に手を入れる。

シロは既に自分の水筒を取り出し、喉《のど》を鳴らしながら豪快に飲んでいた。

「あんた、まだ酒が飲める歳《とし》じゃないだろ」

「はい。なのでジュースです。まあお酒を飲んでもいいんですけどね。すぐに解毒してしまうので、酔わないんです」

「そりゃもったいないね。酒はいいよ！　愉快になれる！　嫌なことだって忘れられる！」

ミミと話しながら酒をあおっていたルシルは、早くも上機嫌になっていた。

ミミはこれを好機と捉えた。今だったら、普段話さないことを、話してくれるのではないか。

「あなたは、どうしてあの工房に勤めることにしたんですか？」

「ん？　そりゃあ、元傭兵としての知識を活かせるからさ。需要を分かってるから、それを満たすものを考えればいい。充実した日々だったよ」

ルシルは心底幸せそうにそう言い、目を細めた。

「天職だったのですね。傭兵時代はどうだったんです？」

ルシルはぐびりと酒を喉の奥に流し込み、大きく息を吐いた。

「そっちも天職だったよ。いや違うな、何て言ったらいいのか、そう、使命だ」

「使命?」

「そうさ。うちの一族は、先祖代々、戦うことで生きてきた。いつの時代も。だからうちの人間は戦死が多い。両親とも戦争で死んじまって、兄さんと姉さんとアタシだけが残された。ま、そういう家系だから、アタシが傭兵になるのは必然だったのさ」

「なぜ傭兵を辞めてしまったんですか?」

「あんたはさ、アタシのこと、調べてんだろ。わざわざ訊く必要、ないんじゃないか?」

「人を殺したからですよね。そのせいで警察に追われることになり、傭兵を辞めてこの地方まで逃げてきた」

「ああそうさ。追手を撒《ま》くのは簡単だった。工作員やってた頃もあったからな」

水筒が空になったシロは、木の上から、ルシルの対面にふわっと降り立つ。

「あれだよね～、お兄さんとお姉さんが所属してた、ドラゴン殺し《スレイヤー》派遣会社の社長、カルダンを殺したんだよね。危険種のドラゴンの討伐に失敗して、お兄さんとお姉さんが死んじゃったことと、社長を殺したこと、絶対関係あるよね?」

ルシルは胡坐を崩して、ぱたりと横に倒れ込んだ。

シロもそれにならい、寝転ぶ。

ミミはしばらく、シロに会話を任せることにした。

「なるほどね。依頼主は、あの社長の家族か、あるいは幹部連中か。幹部どもの方が可能性が高そうだな。自分たちも消されるんじゃないかって怯《おび》えたんだろうよ。ざまあみろだ」

酔いが回ってきたのか、眠気まじりの声でそう呟いた。

「会社がお兄さんとお姉さんに何かしたの？」

「兄さんと姉さんは、あの社長に殺されたんだ」

「記録だと、超大型ドラゴンでかなりの危険を伴う案件だったのに、派遣されたドラゴン殺しが少なすぎて全滅した、ってあったけど本当？」

「ああ本当だ。あのクソ社長、ろくに勉強もせず遊びほうけてきたくせに、前社長の息子だからって会社を継いだんだ。継いだ途端、急に資金繰りが苦しくなった。そのせいで会社の方針が、最低人数でより多くの現場を回すことに変わったんだ。幹部連中は誰もあの社長に逆らわないイエスマンの集団。兄さんと姉さんは、何度も進言したんだ。ちゃんと現場に赴く社員全員の意見を聞いて、まとめて。このままじゃ、いつか人が死ぬ、って。それでも聞き入れてもらえなかった」

「そのいつかが起こっちゃったんだね。社長が危険な仕事に送り込んだせいで死んだ。だから、社長を殺した、ってことで合ってる？」

「いいや。それだけなら、アタシは殺さなかった。許せないのは変わらないけどね。葬式の時、幹部連中があまりにも挙動不審だったから、あんたらみたいな裏の組織に頼んで、調べさせたんだ。そしたらな、そしたら」

ルシルは横たわったまま、震えはじめた。その炎のような瞳に涙を浮かべながら、拳《こぶし》で地面を叩きつける。

「分かったんだよ。兄さんと姉さんの死は、仕組まれてたってことが。あのクソ社長が、兄さんと姉さんを最も危険な案件に少人数で向かわせた。他社との共同案件って話だったのに、現場に着いたら、誰もいなかったんだ。共同案件ってのは社長の嘘だったんだ！　引き返せばよかったのに、これ以上ドラゴンのせいで村の人間が死ぬのは耐えきれないからって、自分たちだけで戦ったんだと。これは村の人間が言ってた。正義感がとても強い人たちだったって」

「そっかぁ。ただでさえ厳しい人数で、更に他社の協力も無かったってことか。それじゃあ討伐なんてとても――」

「それがな、なんと兄さん姉さんたちは、その超大型ドラゴンを倒したんだ！　すごいだろ！　アタシはそんな二人が誇らしい。村人を見捨てない高潔さ。無謀な状況下で勝った強さ。素晴らしい、人たちだったんだ」

声に悔しさが滲《にじ》んでいる。焚火から火の粉が散り、ルシルに降りかかった。

「記録では、その超大型ドラゴンが、ドラゴン殺したちを殺したってあるけど」

「それは捏造だ。本当はな、もう一頭のドラゴンに殺されたんだ。社長が幹部連中に指示して、現場に誘導したドラゴンにな！」

「え⁉　なんでそんなことしたの⁉」

「聞いて呆《あき》れる理由さ。自分に楯突いてきたことがムカついたから、だってさ！　ははは、あはははは！　そんな！　くだらない理由で！　兄さんと姉さんは死んだんだ！」

笑い声を上げているのに、顔は涙でぐしゃぐしゃになっていた。

「証拠を集めて、警察に引き渡すことは考えなかったの？」

「そもそも裏組織に集めてもらった証拠だし、うちの国の法律じゃ、死刑にはならない。それにあのクソ社長は金にモノを言わせて、あらゆる手で逃れようとしたはずだ。海外逃亡されたら終わりだ。なによりな、アタシは、自分の手で殺さなければならなかった。二人の妹である、家族であるアタシが、無念を晴らしてやりたかった」

アタシは、やりきったんだ。後悔は一切《いっさい》してない。

自分に言い聞かせるように呟いたルシルは、泣き疲れたのと酔いで、眠りに落ちていった。

シロは、そんなルシルの、涙の跡が残る顔を、ぼんやりと眺めている。

ミミは火を消し、ルシルのリュックから、薄い掛け布団《ぶとん》を引っ張りだして、大して自分と背丈が変わらないその身体をくるんだ。

「シロ。彼女の想《おも》いを引き出してくださり、ありがとうございます」

ミミは再び木の上にのぼり、雲の裏に隠れている月を見上げる。

シロはルシルへ視線を注《そそ》いだまま、囁《ささや》くように話した。

「ミミ先輩の真似しただけだよ。話を訊くだけなら、あたしでもできる。問題はその先だよね。前の任務と同じように考えると、社長だけじゃなく、幹部も全員殺すのを手伝う、ってことになるんだろうけど、きっとそうじゃないんだよね」

ミミは、まだエドガーの任務についての答えを、出せていなかった。

ルシルの願いが復讐だったとしたら――。

「そう、ですね。それは避けたいです。今一度、彼女の経歴を思い出し、別の願いを掬い上げてみてください」

ミミは自分の直感、感情を優先してそう言った。

罪を重ねさせたくない。

エドガーは死ぬ前、確かに笑っていた。

けれど、その笑顔は、哀しさを孕んでいた。

「分かった。考えてみる」

シロは、ルシルの対面で寝転がったまま、目を閉じる。

ミミは、雲越しに見える淡い光を見つめながら、ルシルの別の願いについて考えた。

ルースと出会ってからずっとやってきたこと。

ターゲットが人生最期の瞬間を迎えるまでに、少しでも、心残り、後悔をなくせるように行動する。

ルシルの経歴を脳内で遡ると、見つけることができた。

明日は、シロがその願いに辿《たど》り着けるように、それとなく誘導しよう。

ミミは木の上から、ルシルとシロの寝顔を見守りながら、眠りについた。

DAY4

「はぁ。アタシ、そんなに酒に弱くないはずなんだけどなぁ。昨夜はすぐに酔っちまった」

朝の日差しに目を細めながら、ルシルは今日も力強い足取りで歩く。

シロはぐっすり眠れたおかげか、ルシルとミミの周りを元気に駆けまわっていた。

上機嫌に鼻唄を歌いながら、魔法で羽虫を撃ち落としている。

あれは一応鍛錬だからと見て見ぬふりをしながら、ミミはルシルに歩調を合わせた。

「あなたは酔っている時の記憶が残るタイプですか」

「ああ。自分が言ったことは覚えているよ。昨夜、あんたらに言ったこともね」

「言ってしまったこと、後悔してますか?」

ターゲットの想いを引き出すために、酔っている最中に質問してしまったことに後ろめたさを覚えていたミミは、そんなことを言った。

「いいや。口が滑ったことは認めるが、後悔はしてない。アタシの生き方に、これまでしてきたことに、恥ずべきところは一つもないからな。アタシは自分に正直に行動してきた」

「あなたの中には、あなたの正義があるのですね」

「ああそうさ。いつだって、アタシはアタシが正しいと思ったことをしてきた。これからだってそうさ」

しゃべることに集中していたせいか、ルシルが地面の窪《くぼ》みに足を取られて、よろめいた。

すぐ近くを歩いていたミミは、咄嗟《とっさ》にルシルの身体を支えようとする。

ルシルはよろめいたフリをして、腰のサバイバルナイフを右手で引き抜き、左脇《わき》の下《した》から
ミミを刺そうとした。

ミミはもちろんそれに気付き、瞬時に身体強化魔法を使用してルシルの手首を捻り上げた。

「これも、あなたにとって正しいことなんですね」

「当たり前だ。アタシは最後まで生きることを諦《あきら》めねぇ」

「最後まで、あなたが生きたいように生きてください」

「ちぇっ。まるで勝てる気がしねぇ。戦えば戦うほど思い知らされる。嫌な気分だ」

「すみません。嫌な気分にさせてしまって」

「煽りか？　ってか、なんで祝詞を唱えず魔法使えてんだよ。おかしいだろ。ずるだろそんなの。どうやってやるんだそれ」

「教えません。あなたは強いから」

「かーっ！　そんなすぐに魔法使われたら本格的に勝ち目がねぇじゃねえかちくしょうめ！」

ルシルはストレスを発散するため、全力で走り出した。ミミはそんなルシルの後ろにぴったりと付いていく。

「わーい！　追いかけっこだー！」

シロも楽しそうに駆け出した。

スタミナが切れるまでルシルは走り続けた結果、目指していた小さな街を目前にして、汗まみれで地面に倒れ込んだ。

「はぁ、はぁ、はぁ、ぜぇ、あんたら、全く息切れしてないって、マジか」

仰向けになったルシルは、自分を見下ろしているミミを観察する。息切れどころか、汗一つかいていない。シロにいたっては、まだまだ身体を動かし足りないからと、木から木へと跳躍しはじめた。

「鍛えてますので」

「人間じゃないよあんた。化け物だよ」

「少々身体はいじってますね」

「そこまでしてるのか、あんたの組織は」

「生存率を高めるためです」

「裏組織ってのは恐ろしいな。任務のためなら何でもやるってか。あんたの両親はその生き方を許したのか」

「両親はいません。生まれた時から私は独りです。組織に拾われたから、こうして生きていられます」

「組織が親代わりってことか」

「そういうことになるんですかね。親がいたことないので分かりません。昨夜の話を聞いて疑問に思ったのですが、親、というか、家族って、そこまで大事なものなのですか？　そもそも家族って何なんでしょう」

もちろんミミも、人が家族を大切にすることは知っている。これまでのターゲットたちとのやりとりでも、それは分かった。しかし、深いところでは理解できていない。それはミミの生い立ちを考えたら当然のこと。

だからこそ、少しでも理解したかった。家族のために人を殺したルシルに話を聞けば、その一片でも理解できるかもしれない。そんな期待を抱いた。

ルシルは息を整えた後、よっと掛け声を上げながら立ち上がった。

それと同時に、シロが戻ってくる。

「面白《おもしろ》そうな話してるね～。あたしもそれ聞きたい！」

離れていながらも、シロは二人の会話を聞いていた。

人口の少ない、小さな街を歩きながら、ルシルは自らの家族論をミミとシロに説いた。

「家族は大事だ。何よりもな。両親がいなければ、私は生まれてこなかった。生まれて、育てられて、価値観も一緒。両親も、兄さんも姉さんも、愛情を持ってアタシを育ててくれた。だから、家族を愛するのは、大事にするのは、語るまでもなく当然のことなんだ」

「愛情って、何なんでしょう」

「言葉通り、愛と情なんじゃないのか？　アタシはそうだな、間違ったことをした時に叱ってくれたりとか、生き方を教えてくれたりとか、美味い飯食わせてもらったりとか、抱き締めて撫でてくれたりとか、そういう時に愛情ってやつを感じるな」

「なるほど」

「んで、後は家族とは何かって話だよな。アタシにとっちゃあ、血の繋《つな》がりだ。血族ってやつだな。一番、自分に近い存在だ。もう一人の自分みたいに感じることもある。自分を大事にすることと、家族を大事にすることは、アタシにとっては同じ。先祖代々続いてきた歴史を感じると、自分の血に愛着を感じるな。目の形が爺ちゃんに似てたりとか、戦い方が母そっくりとか。自分と同じところがあるって、嬉《うれ》しいよな」

　家族の話をしはじめてから、ルシルはどんどん機嫌が良くなっていき、声音は弾み、快活な笑みを振りまくようになった。

「あなたは、心から、家族を想っているのですね」

「そうさ！　アタシほど家族想いな人間は中々いないよ！」

「一つ疑問が浮かんだのですが、血の繋がりが家族というのなら、結婚する相手は血の繋がりがなくとも家族になれますよね。そのことについてはどう思っていますか？」

「んなの決まってる。自分の家族を愛するように、アタシと、アタシの家族を愛してくれる人とは、家族になれる。血の繋がりがなくてもな」

「血の繋がりだけでなく、愛情によって、家族になれると」

「そういうこと」

愛情。

人によって定義が違う、難しい概念。

ミミも詩などで学んできたものの、明確に愛情とは何か、ルシルみたいに答えることができない。だから、ルシルが教えてくれた基準のようなものは興味深く、ミミの中で強く印象に残った。

一方、シロはといえば、唇を強く引き結んでいた。

「ねえ、ちょっといい？　何か一つ、家族との楽しかった思い出、聞かせてもらえないかな？」

「おう。そうだな、あ、あれがいいか。結構小さかった時だけど、両親と、兄さん姉さんと、皆でサンドイッチ作ったんだ。それ持って、綺麗《きれい》な花畑にピクニックに行ったなぁ」

懐かしむように目を細めるルシルを見て、ますますシロの表情が硬くなっていく。

「聞かせてくれて、ありがとね。最後にもう一つ。親が、子どもに悪いことさせるのって、どう思う？」

ルシルの顔から、穏やかさが吹き飛んだ。

「ダメに決まってるだろうが。たとえ親が悪いことしてても、子どもに同じことはさせないはずだ。愛してるならな。自分たちは悪いことでしか生きてこられなかったとしても、子どもはまっとうに生きてほしい。そう思うのが親心ってもんだ」

「そっかぁ。なるほどねぇ。ありがと、答えてくれて」

シロはぎこちない笑みを浮かべる。

「シロ。あなたは――」

「あ～！　ようやく宿に着いたよ！　今日は柔らかいベッドで寝られるぅ！」

この街に一つしかない、質素な宿が進路の先に見えた途端、シロはルシルの手を引っ張って走り出した。

「ちょ、おい、手ぇ離せ～！」

あまりの勢いに、ルシルの身体が浮いていた。

ミミは少しだけ肩をすくめてから、のんびりと後を追ったのだった。

DAY5

ルシルは早朝からトレーニングに勤しみつつ、もはやそれが日常であるかのように、ミミに奇襲を仕掛ける。今日ももちろん、返り討ちにあった。

相変わらずミミが負けるはずがない、と全幅の信頼を寄せているシロは、ルシルの横で鍛錬に励んでいる。

昼前に街を散策することにしたルシルは、一応サバイバルナイフだけ隠し持って、宿を出た。

「天気が良いなぁおい。こんな日は昼から酒が飲みたくなるなぁ」

「この街には居酒屋が二店舗あるそうです。うち一店舗はお昼から営業していますね」

「なんでもうそんなこと知ってんだよ。この街に来たばかりだろ」

「優秀な部下がおりますので」

「は〜い！　あたしがその優秀な部下で〜す！　組織の中で、あたし以上に情報を集められる人間は一人もいないんだよ〜！」

珍しくミミに褒められたシロは、身体をこすり付けんばかりにルシルに近づき、胸を張った。

「近いって！　あんた、背高いから威圧感あんだよ！」

顔をしかめたルシルだったが、学校の前を通りがかった途端、ふわっとその表情が緩んだ。

ルシルの目線の先には、校庭で遊んでいる子どもたちがいる。

「子どもが好きなの？」

シロにそう質問された瞬間、ルシルはあからさまに顔を歪《ゆが》ませた。

「べ、別に、そんなんじゃないし！　ガキなんて好きじゃないし！」

そそくさと立ち去ろうとしたルシルの手を、シロが引っ張る。

「嘘だよね？　過去に教員免許試験を受けてたし」

「はっ⁉　なっ！　えっ？　あん、なん、しっ」

「動揺しすぎぃ！　さっき言ったよ！　あたし、情報集めるの得意なの！」

ルシルはぴたりと立ち止まり、必死に作り笑いを浮かべた。

「そうだよな。あんたらなら当然調べてるよな、アタシの経歴くらい。そうそう、確かに過去間違えて受けちまったんだよな。ま・ち・が・え・て！　な」

「記録には、合格一歩手前ってあったけど？」

「た、たまたま解けたんだよ！　運が良かっただけだ！」

ルシルの額から脂汗が垂れる。

「勉強してなきゃその点数はとれないよ～」

ルシルはついに、顔を両手でおおってしゃがみこんだ。

「もういい！　どうせバレてるんだ！　言うよ！　言えばいいんだろ！」

「言って言って！　聞きたい聞きたい！」

「ああそうだよ、アタシは先生に憧《あこが》れてたんだ！　若気の至りだよ！　こんなガサツで戦うことしか能がないアタシには到底無理なんだけどな！　おかしいだろ笑えよ！」

「え？　笑うとこなんてなくない？」

ルシルは思わずシロを見上げる。

シロは、無邪気に首を傾げていた。

「あ、あんたがズレてるだけだろ！　ちっこい方！　あんたは先生なんてアタシに似合わないって思うよな⁉」

「いいえ。全く」

「……あんたは、嘘吐いてるか吐いてないか、分からないな」

「私も、この表情の無さを直したいと思ってるんですけど、中々上手《うま》くいきませんね。だから、私は言葉で伝えます。言葉でしか、伝えられません」

ミミの声に宿っている真摯さに、ルシルはたじろいだ。

「あ、そ。嘘じゃないってことね。あ、あんがとよ。ま、そういうことだ。何にせよ、今のアタシには関係のない話。もう行こう」

ルシルは気まずそうにミミの視線を振り切り、商店街へ足を向けた。

これで、ルシルの願いについて、確信が持てた。

魔法で、シロにだけ聞こえるように喋る。

「シロ。彼女の別の願い、考えつきましたか？」

「これまでのミミ先輩の任務の傾向とか、さっきの話で、なんとなく」

シロは自分の考えをミミに伝えた。

「私も同じ意見です。正直、驚きました」

「正解!? えへへ、やった！」

「では、やるべきことは分かりますね？」

「んー、分かんない！」

「実践はまだ難しいですか。それでは私が指示を出しますので、その通りに動いてください」

「了解しましたー。ミミ先輩のために頑張る！」

「私のためではなく、ターゲットのために頑張ってください。では後ほど」

ミミはある任務をシロに託し、ルシルの後を追った。


「ふぅ、食った食ったー！　何をするにも、まずは飯だよなぁ」

お腹《なか》をぽんぽん叩きながら、ルシルは満足げに息を吐き出した。

商店街を出て、連れ立って表通りを歩く。

そんな二人の前に、シロが近くの建物の屋根から降り立った。

「いいなぁ、ミミ先輩と一緒にご飯！」

「あんたがいなかったのが悪いだろ」

「ううぅ。それはそうだけどぉ」

シロが恨めしげにミミを見やる。ミミが仕事を頼んだせいだ、と言いたげだった。

アイコンタクトで、この埋め合わせはすると伝えたら、途端に笑顔になり、ミミの横に並ぶ。

「あんたら、仲良いな」

「もちろんだよ！」

「そうでもありません」

正反対の答えに、ルシルは思わず笑いそうになってしまった。


「この後のご予定は何かありますか？　ありませんよね？」

あてもなく散歩するルシルに、ミミはそう話しかける。

シロは歩くことに飽きたのか、またしても鍛錬に励んでいた。今日は身体強化魔法を使い、右手の人差し指だけで逆立ちしながら跳ねまわっていた。

「なんでない前提で話すんだよ。まあないけどさ」

「それでは、ちょっと私に付き合っていただけませんか？」

「お？　もうアタシを殺すのか？　あれ、まだ期間なかったっけか」

「今日も入れるとあと三日ほどです。それまでは殺しません」

「ふーん。信用できねぇな」

「そもそも殺すなら、初日に会った時に殺してます」

「それもそうなんだよな。あんたは最初っからずうーっと意味不明だ」

「分からなくていいですよ。従っていただければ」

「なんだかなぁ」

ルシルは、先を行くミミの後ろを付いていく。

「無駄ですよ。私に死角はありません」

ミミは歩調を崩さず、振り向きもせず、淡々とそう言う。

隠し持ったサバイバルナイフに手をかけただけなのに、瞬時に気付かれた。

ふりふりと揺れる、ミミの尻尾《しっぽ》みたいな紐を見つめながら、ルシルは毒づく。

「あーもう強い！　あんたに勝てるやつ、この世にいないんじゃないか⁉」

「私は古巣だと二番手か三番手でしたよ」

「世界、あまりにも広いな」

ルシルは気まぐれで、ミミの臀部あたりから垂れ下がっている紐の先を蹴っ飛《と》ばした。

「まるでおもちゃにじゃれつく猫ですね」

「猫はあんただろ。今まで指摘しなかったけど、変な恰好しやがって。ってかアタシが紐蹴っ飛ばすのは許すんだな」

「殺意が感じられませんでしたからね」

「殺意って、感じられるもんなのか……」

「ええ。僅かなバイタルサインを察知することができますので」

「ふーん」

ルシルは、なるべく無心でサバイバルナイフの柄を摑んだ。

と思ったら、いつの間にかサバイバルナイフが手の中から消えていた。

「殺意を消すのにも技術がいるんですよ」

ミミは、右手の人差し指の先に、刃先をのせて、コマのようにサバイバルナイフをくるくる回している。

「それっ、返せ！」

ルシルは戦闘時とは違う、荒々しく無駄の多い動きで、ミミからサバイバルナイフを取り返さんと手を伸ばした。

ミミは避けることもできたが、そうしなかった。

「そのサバイバルナイフに、思い入れでもあるのですか？」

ルシルはサバイバルナイフをしまうと、姿勢を正してミミと目を合わせた。

「こいつは相棒だ。アタシが戦場に赴くことが決まった時、兄さんと姉さんからもらった一級品。こいつと戦場を駆けてきた。味方とはぐれてサバイバル生活を余儀なくされた時、こいつのおかげで生き延びることができたんだ。だから肌身離さず持ち歩いてる」

「形見なんですね」

「まあな。それに、武器は戦士の魂だ。もうあんたにとられたりしない」

「分かりました。私ももう、それを取り上げることはしません」

これまでとは違う、奇妙な空気のまま雑談を続けていると、不意にミミの足が止まった。

「着きました」


「なんだここ？　廃墟か？」

街はずれにある、二階建ての家。天井にところどころ穴が開いていたり、二階の床が抜けていて実質一階しかなかったり、中の家具類は雨ざらしになっていたりと、ひどい有様だ。

「最低限、使えるようにはしてあります。机やイス、黒板あたりは」

あんたは何を言ってるんだ？

そう言おうとした瞬間、背後から、わっ、といくつもの騒がしい声が聞こえてきた。

ルシルが振り向くと、歓声が上がった。

「「「「「せんせぇこんにちは！」」」」」

そこにいたのは、八歳から一〇歳くらいまでの五人の子ども。

いずれも、着古した衣類を身に纏《まと》っていた。

「おい殺し屋ども。これはなんだ？」

シロは一歩前に出ると、得意げに腰に手を当てた。

「あたしが準備したんだよ！　この街には学校が一つしかないの。だから、学校に行けない子どもたちがいるんだ～。あとは言わなくても分かるよね？　そういうわけで、先生、よろしくお願いしまーーーーす！」

いきなりそんなこと言われても！

シロは狼狽えるルシルの手を引いて、廃墟の中へ案内する。子どもたちもキョロキョロ辺りを見回しながら付いてきた。

シロ自身があらかじめ作っておいた教室の中へ入っていき、ルシルを黒板前、壇上に立たせる。

「ちょっと待てって！　急すぎるこんなの！」

「もう！　時間ないんだから、ぐだぐだ言わない！　教材はもう用意してあるから、自由にやっちゃって！」

教壇と各机に、何冊かの教科書が置かれている。

シロは教壇から降りて、出入り口付近にいたミミに合流。

ミミが、お疲れ様です、と口の形だけで伝えると、シロは少しだけ口角を上げた。

子どもたちはイスに座らず、教室の隅で、期待に満ちた眼差《まなざ》しをルシルに向けている。

ルシルはそれを受けて、肩を震わせながらうつむいた。

ミミは心配になり、助け舟を出すか迷った。

声をかけようとした、まさにその時、ルシルは唐突に拳を天に突き上げながら、大きく声を張る。

「あーーーっ、もうっ！　やってやる！　やってみせーる！　今日はこのアタシが先生だ！お前ら、じゃない、君たち！　席に着くように！」

子どもたちは目を輝かせながら、ルシルの目の前の席を目指して駆け出した。

「こらーーーー！　君たち危ないから走らない！　それと席は今からクジ引きで決めるから、とりあえず適当な席に座りなさーーーーい！」

きゃあきゃあと騒ぎながら、各々席に着いていく。

「おっし！　ちゃんと席に着けて偉いぞ！　まずは、自己紹介だな」

ルシルはチョークを手に取り、黒板に大きな字で名前を書いた。

「アタシは、ルシル・ロワイエ！　ルシル先生って呼ぶように！　よろしくな！」

「「「「ルシルせんせぇ、よろしくおねがいしまぁす！」」」」

先生呼びをされ、思わず顔がほころんだルシルを見て、ミミは満足げに頷《うなず》いた。

夕方になったため、授業は終了。ルシルは、いつまでも教室から出たがらない子どもたちを追い立て、全員を帰らせる。

額に手を当てながら、長く息を吐くルシルに、ミミは声をかける。

「お疲れ様でした。上手くできていたと思いますよ」

ルシルは黒板に背を預け、横目でミミを見やる。

「だといいんだけどな。あいつらにとっては、生まれてはじめて受ける授業だっただろうし。アタシで良かったのかなって思っちまうな」

「子どもたち、喜んでましたよ。あの笑顔は、あなたの目にも焼き付いているはずです」

ルシルは目を伏せ、頬《ほお》をかく。

「アタシ、ちゃんと先生っぽかったかな？」

「はい、ルシル先生」

「あたしも教わりたいくらいだった～！」

シロは黒板を綺麗にしながら、元気にそう言った。

ルシルは小さく肩を震わせたと思ったら、ピンと背筋を伸ばす。

「おっしゃ！　美味いもん食いに行くぞ！　殺し屋ども、付き合え！」

「喜んで」

「やった～！　美味《おい》しいもの食べる～！」

弾む足取りで教室から出て行くルシルの後を、ミミはお尻《しり》の紐を大きく揺らしながら付いていった。

DAY6

「今日は身体を動かす授業をやるつもりだから、あんたらも手伝って」

「了解」

「了解しましたー」

いつもより早く起きたルシルは、トレーニングを手早く終わらせると、今日の授業の計画を立て始めた。宿の部屋は狭く、教材等は小さな机に全てのせることができず、床に積み上がっている。

「まずは宿題のチェックだろ。んで、昨日できなかった教科と、あとあれだな、あいつらにアタシの手料理食わしてやりてぇな。ろくなもん食ってないって言ってたし。残りの時間は運動だな。傭兵時代のを簡易化して、回数も少なくして、あいつらでもできるように……いや、遊びながら運動できるやつのがいいか？」

頭をがりがりかきながら、紙にペンを走らせる。

ルシルが計画を立てている間に、ミミとシロは協力して、宿のキッチンを借りられるようにしたり、食材を調達したり、生徒たちのお弁当箱を準備したりと、ルシルのサポートを行う。

「よっし！　今日の流れ、決まった！」

「こちらも諸々準備完了です」

「準備、頑張ったよ！　理想の一日になるはず！」

怪訝な目を向けてきたルシルに、シロは朝から準備してきたことを報告する。

「そ、そんなにやってくれたのか。アタシが何気なく呟いたことまで全部。ありがたいけど、なんでここまでしてくれんだよ」

「ただの趣味です」

「ん？　ああ、あれか！　人助けが趣味とか意味分からんこと言ってたな！　え、あれってこういうこと⁉」

「はい。こういうことです」

ルシルは、昨日からの出来事があまりに鮮烈で、一時的に忘れていた。目の前に立っている、猫の仮装をした少女が、自分を殺すことを。

「でも明日、アタシを殺すんだよな」

「はい。そうです」

「なるほどな。初日にあんたが言ったことが、大体分かってきた。後悔の無いように過ごせ、ってやつ。その手伝いをしてくれるんだな」

「その通りです」

「なんで、殺し屋のくせにそんなことしてんだよ」

「なんでだと思います、シロ？」

「え⁉　あたし⁉」

急に話を振られるとは思っておらず、シロは慌てふためく。

「もう分かっているはずですよ。だって、学校を作って先生をやってもらうというアイデアは、シロが思いついたんですから」

「そうなのか？」

ミミとルシルの視線がシロに集まった。

シロは深呼吸をしてから、たどたどしく話し始める。

「ルシルは、お兄さんとお姉さんが、社長に間接的に殺されなかったら、罪を犯してなかったはずだよね。そのたった一つの出来事さえなければ、今も、普通に生きられてたんだ。それって結構、紙一重だよね。一般人と、罪を犯して殺される人。全然違うのに、なんでそう思えるんだろう？　あ、そっか、一般人だって、何かの拍子で、罪を犯しちゃう人、いるもんね。そっか、ルシルは、その何かの拍子が、たまたま起きちゃっただけなんだ。だから、何か不公平だな、嫌だな、って感じたんだ。その不公平を少しでもなくしたくて、せめて殺される日の何日か前は、幸せになってほしいって、想うんだ」

ようやく、ミミ先輩の言ってたこと、分かったよ。

シロは少しだけ目じりを下げて、ミミとルシルを見つめた。

ミミは真っすぐ見返したが、ルシルはおもいっきり目を逸らした。

「なら殺すなよ、とは言えないか。どんな事情があったって、やっちまったことは変わんねぇ。アタシは確かに罪を犯した。ただ、何度も言うがな、自分がやったことは間違ってないと思ってる。自分にとっては正しいことだったんだ」

「そう言うと思った～」

シロが喋っている間に、ルシルは魔力を練り、祝詞を唱え、魔法を発動しようとした。すぐにそれに気付いたシロは、ルシルの手足を魔法で縛り、喉元《のどもと》を摑んで締め上げる。

祝詞が中断され、呼吸さえままならないルシルは、身体の力を抜き、降参の意を示す。

「がはっ！　くそ、容赦ねぇな」

「そりゃ容赦ないよ～。だってあたし、殺し屋だもん」

「今は割り切るしかねぇな。こうなったら徹底的にアタシのやりたいことを手伝ってもらう。明日、アタシを殺すんだよな？　なら生徒たちのために、最低でも一ヵ月分の宿題を作ってくれ。出題範囲はアタシが指定するから」

「いいよ～。ミミ先輩と徹夜してでも仕上げる！」

ルシルは大きく頷くと、すっくと立ち上がった。

「まずは弁当作りだな！　殺し屋、料理はできるか？」

「できるよ！　施設で必須科目だったからね！」

「よし！　付いてこい！」

二人は元気良く、宿のキッチンへ駆けていく。

ミミは、一応探知魔法をキッチンにかけてから、弁当は二人に任せて、一ヵ月分の宿題作成に取りかかった。


三人で、完成した弁当を携えて教室に向かう。

朝早くにもかかわらず生徒たちが全員揃《そろ》っていたため、早速授業を行った。昨日と同じく大好評で、ルシルも生徒たちも時間があっという間に過ぎる。

昼休み。朝から生徒たちの視線を集めていた弁当箱が、生徒たちに配られた。

「ルシル先生のご飯おいしーーーー！」

「こんなうまい飯、食ったことねえええええ！」

いつも二人一緒にいる生徒は夢中でかきこみ。

「おいしい……おいしい……」

一人は一口一口噛《か》みしめながら食べ。

「ルシル先生、ありがとうございます！」

一人は何度もルシルにお礼を言い。

「見た目がすごく綺麗。ずっと見ていたいな」

一人は彩《いろど》り豊かな弁当を、矯《た》めつ眇《すが》めつ眺めていた。

「そんなに喜んでもらえると、作った甲斐があるってもんだな！　あはは！」

ルシルは頬を赤く染めながら、豪快に笑った。照れているのを隠したいのか、顔を隠すように弁当箱を持ち上げながら食べはじめた。

弁当を眺めていた生徒が、そんなルシルのすぐ傍に寄って、弁当に口をつける。

「あーーーー！　ずるい！　わたしも！」

それを皮切りに、生徒たちがルシルの周りに集まってきた。

生徒たちに囲まれたルシルは、耳まで赤くなった。

昼休みは和やかに過ぎ去り、授業を一つこなしてから、廃墟の近くの広場にみんなで移動した。まずは準備運動を教えてから、野外遊びを生徒たちと一緒に行う。

ルシルはかなり手加減し、適度に生徒たちに捕まりながら、汗を流した。

みんなで木陰で休憩していると、一人の男の子が、広場の端に現れた。

それに気付いた一人の生徒が、大きな声でその男の子を呼ぶ。

「おーーーーい！　こっち来いよーーーー！」

ルシルも男の子に気付き、一緒に手招きした。

「なんだ、新しい生徒か？　途中参加、大歓迎だぞーーーー！　おいで！！！！」

男の子は、おずおずと遠慮がちに近づいてきた。

「ルシル先生、こいつも仲間に入れてやってくれよ！　最近この街に来たばっかりで、友達いないらしいんだ！」

唇を引き結んだまま、何度も頷く男の子の頭を、ルシルは雑に撫でた。

「なんだ！　そういうことなら遠慮せず仲間に加われって！　楽しく過ごせるよう、アタシが色々教えてやるからさ！」

男の子は大人しく撫でられながら、ニコリと小さく笑う。

「う、うん。ぼくも、一緒に遊びたい」

「そうかそうか！　よっしゃ、それじゃあ休憩後に授業受けような！　んじゃ、まずは自己紹介だな！　ちょうどみんないるし、今やっちまおう！　大丈夫か？　できるか？　まだ恥ずかしいか？　恥ずかしいなら、先生が代わりに言ってやろうか？」

男の子は迷う素振りを見せた後、一歩前に踏み出した。うつむきながらも、男の子にとっては精一杯の声量で、こう言った。

「は、はじめまして。ちょっと遠くの街から来ました。ニコラ・カルダンです」

ルシルは、その名前を聞いた直後、ニコラの肩を掴んだ。

「先生？　ど、どうしたんですか？」

「君の、父親の名前を教えてくれないか？」

「父は亡くなりましたが」

「いいから」

ニコラは首を傾げながらも、素直に答える。

その日の残りの授業は、シロが代わりに担当することになった。

DAY7

「なあ殺し屋。あんた、なんで話しかけてこないんだ？」

深夜三時過ぎ。宿のベッドの上で、壁に背を預け、布団《ふとん》にくるまりながら座っていたルシルは、部屋の隅で立っていたミミに声をかける。

ルシルは、ニコラの父親の名前を聞いた途端、後は頼むと言い残し、その場を立ち去った。

ミミはシロに生徒たちのことを頼み、すぐに追いかけた。

ルシルは夜ご飯も食べず、眠ることもなく、この時間までただひたすらベッドの上でジッとしていた。

シロは別室で、ミミから引き継いだ宿題作成作業を進めている。おそらく盗聴魔法か何かで、こちらの部屋の会話は聞いているはずだ。

「あなたが何か話したくなるまで、私は口を開くつもりはありません」

「んだよそれ。気遣いのつもりかよ」

「はい。そのつもりです」

「お前らだろ。あの子をこの街に連れてきたのは」

「バレてましたか」

ニコラを連れてくることは、ミミが考えついた。

なぜそんなことをするのか、シロに訊かれた際、ミミはこう答えた。

罪に向き合ってもらうため。罪に向き合わないと、目を逸らした罪がずっと見つめてくる。

それが気になって、前にも後ろにも進めなくなる。

罪と向き合わなかったことそれ自体が心残りになる、と。

「当たり前だろ。こんな都合の良いことがあるか。なんで、こんなことしたんだ」

男の子の名前は、ニコラ・カルダン。

ルシルが殺したカルダン社長の、実の息子。

「あなたに会わせるためですよ。念のために言っておきますが、強引《ごういん》に連れてきたわけではありません。あの子の一家は、父親が殺されたことで離散しました。それまで従業員たちの恨みを買っていたこともあり、会社に財産の全てを奪われました。母親はあの子を置いて失踪、親戚は飛び火を恐れて知らんぷり。広すぎる部屋で、何とか一人で生きていたあの子を、私たちが保護して、この街に連れてきました。最低限暮らしていける小さな部屋と、お金も渡してあります。後はあの子次第です」

ミミはシロに指示を出して、入念に準備をしていた。二人を会わせるために。

ルシルは、自分がカルダンを殺した後のことを聞き、更に深く思案することになった。

一時間以上が経《た》ち、再び口を開く。

「そこまでする必要があったのか」

「あったんです。その甲斐はありました。だって、あなたは今、そんなにも悩んでいる」

ルシルは布団を引きはがし、ベッドの上に立ち上がって、ミミを見下ろした。

「全部、あんたの手の平の上ってことか。……確か今日、アタシを殺す予定だったよな。今やれよ」

「残り二一時間もあります。まだ殺しません」

「じゃあこっちからまた仕掛けてやる」

そんなことを言いつつも、ルシルは全く動こうとしない。

「本当は分かってますよね。あなた自身が、しなきゃいけないこと」

「分かんねぇよ」

「なぜ嘘を吐くのです。一〇時間以上、考え続けてきたのでしょう。向き合い続けてきたのでしょう。これまで考えもしなかった、自身の罪と」

ミミのその言葉で糸が切れたように、ルシルはベッドの上にぺたんと膝《ひざ》を突いた。

「あんたの思惑通りってのは気に食わないが、そうだよ、その通りだよ！　アタシは今まで、自分は何も間違っていないと思っていた！　家族の仇を討った。家族のために、あいつを殺した。正しいことをしたって、そう思ってたんだ。なのに、あの子に会って、分からなくなった。分からないから、考えて、考えて、考えて。それで、思っちまったんだ」

ルシルは、目の端から零れ落ちた涙を、指先で乱暴に拭った。

「家族のために殺したんじゃなくて、自分のために殺したんじゃないかって。アタシが恨みを晴らしたかっただけじゃないかって。でも、でもな、そうだったとしてもな、きっと結果は変わらなかった。アタシの家族を死に向かわせたあいつを許すことなんて、できっこなかった。じゃあアタシは、どうすればいいんだ。間違っていたとしたら、何をしたらいいんだ。どう生きれば良かったんだ。なあ、教えてくれよ！」

溢《あふ》れる感情のままミミに詰め寄り、その小さな肩を掴む。

「教えることはできません。それは、あなた自身が考えるべきことです」

「考えたさ！　でも答えなんて出なかった！」

「それで、いいんじゃないですか？」

予想だにしなかった一言に、ルシルは思わず手を離す。

「どういうことだ？」

「己《おのれ》の罪と向き合い、精一杯考えて、正しかったのか、間違っていたのか、分からなかった。それが答えなんじゃないですか？」

ミミの、金と蒼の瞳が、ルシルの涙に濡《ぬ》れた瞳を映す。

「分からないままでいいってことか？」

「私は、向き合うこと、考えることそれ自体が大事だと思っています。あなたは悩んだ。考え抜いた。その上で分からなかった。なら、分からなかったことを、受け入れるしかないです」

「分からなかったことを、受け入れる」

ルシルは、後ずさり、そのままベッドに腰かけた。

分からないままでも、いいのか。

それはルシルにとって衝撃的なことだった。今まで、全て自分で、正しいものを決めてきた。即決即断で生きてきた。白黒つけてきた。

「分からないまま、行動してもいいのか？」

「もちろんです。考えがまとまらずとも、したいことがあれば、してもいいんです。あなたは今、何をしたいですか？　何をしなければいけないと感じていますか？」

「ア、アタシは、あの子に、ニコラに、会わなきゃいけないような気がする。会って何をするか、何をしゃべればいいのか、分からないけど」

「では、それをしましょうか。子どもたちには、シロを通して、先生は具合が悪くなったから急遽帰った、明日、もう今日ですが、は来られるはず、と伝えてあります」

「そっか。なら、今日の授業のこと、考えないとな」

「できますか？」

「ここまできたら、やるしかねぇだろ。時間もないことだしな」

「大筋だけ考えていただければ、後は私が細かいところを詰めておきます。その間に、あなたは少しでも寝てください」

「恩に着る」

やることが明確になったルシルは、すぐにノートに大まかな授業内容を書き出していく。

ルシルの目に力が宿ったのを見て、ミミはようやくルシルから視線を移し、ベッドメイクに取りかかった。


仮眠から目覚めて、廃墟に向かう準備をミミとシロに手伝ってもらったルシルは、荷物を全て持って宿を出る。ミミが定めた期限は今日。もう引き払わなければならない。

寝不足でふらつきかけたルシルは、己に活を入れるべく、水筒に入っていた水を頭からぶっかけた。

「っしゃあ！　気合入れてくぞ！」

足取りが確かなものとなる。これからニコラと対面することになるため、緊張していたのかもしれないと、ルシルの後ろを歩いていたミミは思った。

シロが前日に、ニコラだけ先に教室に来るよう伝えてある。

宿を出て最初の方は勇み立っていたルシルは、廃墟に近づくにつれ、歩調が弱まっていく。

「不安、ですか」

ルシルが足を引きずるように歩きはじめたのに気付いたミミが、そう声をかける。

「まだ、どうやって接すればいいのか、アタシの中で固まってないんだ。ア、アタシが、ニコラの親父を殺したことを、は、話すべきなのか、とか」

ルシルは答えを求めるように、振り返ってミミの目を見た。

「あなたの心の赴くままに」

そこにはいつもの無表情がある。肯定も否定も、何も含まない、澄んだ瞳。

「あんたは、そう言うよな。そう言ってくれるよな。よし、ぶっつけ本番でいくか。アタシらしくな」

ルシルはミミに背を向け、元気よく駆け出した。


廃墟に到着したルシルは、深呼吸をしてから、中に足を踏み入れる。

教室には、ぽつんと一人、教科書を熱心に読み込むニコラがいた。

「あ……。ルシル先生、おはようございます」

軋む床の音でルシルの入室に気付いたニコラは、小声で挨拶をする。

昨日、突然ルシルがいなくなったせいか、ニコラはやや怯えている様子だった。

教室に入る直前まで迷いを見せていたルシルだったが、そんなニコラを見て、安心させるような、穏やかな笑みを浮かべた。

「おはよう！　悪いね、一人だけ呼び出しちゃって」

「いえ！　それで、ぼくになんのご用でしょうか？」

ルシルを見上げる無垢《むく》な瞳。

頭の中で、いくつもの言葉が浮かんだ。

アタシは、あんたの父親が許せない。

あんたの父親は、アタシが殺したんだ。

あんたは、アタシのことを恨んでいるか？

どの言葉も、口から出ることはなかった。

ルシルは『先生』の顔をして、ニコラの頭に手を置いた。

「昨日の授業、質問に全部答えられたって、白いやつに聞いたぞ。以前、学校に通ってたんだろ？　どこまで習ってたか、知っておきたくてな。ニコラ専用の宿題を作るために」

「え、い、いいんですか？」

ニコラは嬉しそうに、声音を弾ませた。

「分かってることをまた習うの、つまらないだろ？　教科書のどのあたりまで理解できてるか、今から確認しようか」

「は、はい！　分かりました！」

ニコラは、同年代と比べると、かなり先の方まで学習しているようだった。充実した学習環境にいたのだろう。

ルシルは、これならニコラに任せられると、確信を深めた。

「教えてくれてありがとうな。実は、どこまで習ってるか訊いたのには、もう一つ理由があるんだ。——アタシが先生やるの、今日までなんだよ。これからは、みんなだけで学習してもらうことになる。自学ってやつだな。ニコラにはその時のリーダー役になってもらいたいんだ。以前学校に通ってて、何学年か先の範囲まで学習してるニコラにしかできないことなんだ。躓いた時の対処の仕方とか、答えの読み解き方とか、教えてあげてほしい。そのやり方も教えようと思って。宿題とか、教科書とか、学習の進め方とかはちゃんと残していくから安心して」

「先生、いなくなっちゃうんですか？　なんで？」

寂《さび》しそうにそう訊くニコラ。ルシルは、そんなニコラの前で、サバイバルナイフを取り出し、身体強化魔法を使った。

教室内で、架空の敵相手に得物を振るう。そのしなやかで力強く、鋭い動きは、見るものを魅了した。

「実はな、アタシは正義の味方なんだ。この街の悪は倒した。だから、次の街の悪を倒しに行くんだ。すごいだろ」

ニコラは目を輝かせて、ルシルに駆け寄った。

「先生すごい！　かっこよかった！」

「だろ？　いいかニコラ。正しいことをするんだ。悪いことはしちゃダメだぞ？」

「うん！　わかった！」

抽象的なセリフだったが、ニコラは素直に元気よく返事をした。

「偉いぞ！　これから、みんなのこと、頼んだ！」

ルシルが差し出した手を、ニコラは満面の笑みで握った。


それからルシルは、ニコラに自学の仕方を教えた。リーダーとしての役割も。

そうこうしているうちに、ぞくぞくと生徒たちが登校してきた。

ニコラはそんな生徒たちの中へと入っていく。

ルシルは先生として、最後の一日をはじめた。

「こらー！　授業中に寝ちゃダメー！　さては昨日夜更かししたな⁉」

言葉こそ強いものの、声音は柔らかく親しげで。

「先生いっしょにたべよ！　えへへ、となり～」

「あーずるいぞ！　おれも先生のとなり座りたい！」

「喧嘩《けんか》しない！　順番こな！」

昼食の際に群がる生徒たちのことを、満更でもなさそうな顔で見つめて。

「先生！　ここまったくわかんないよぅ！」

「どれどれ。そんな泣きそうな顔するなって！　先生が分かるまで教えてあげるから！」

励ましながら、根気強く、生徒一人一人に向き合った。

最後の授業科目を終えたルシルは、自ら黒板のチョークを消していく。

「先生ぇ、あしたはなにするのー？」

ルシルはすぐには答えず、隅々まで綺麗に黒板消しを走らせてから、振り返った。

「それは内緒！　今日先生この後ちょっとやることあるから、昨日みたいに、放課後に遊ぶとかできないからなー。早く帰るんだぞ！　いつまでも教室に残らないこと！」

「えーーーー！　やだーーーー！」

「やだじゃない！　いいから、帰った帰ったー！　さよーなら！　また明日！」

ルシルはまるで箒で落ち葉を掃くように、出口に向かって生徒たちを追い立てていく。

きゃあきゃあ騒ぎながら、追いかけっこを楽しむように、生徒たちは教室を出て行った。

ルシルは、生徒たちの背を、ニコニコ笑いながら眺める。

そんなルシルの服の袖《そで》を引っ張る、一人の生徒が、おずおずと口を開いた。

「先生、どうしてみんなに、今日までってこと、言わなかったの？」

「そりゃあさ、寂しいお別れになっちゃうからだよ。どうせみんな、泣くだろ？　アタシが今日までなんて言ったら。最後まで、笑顔でいたいじゃねぇか」

「ずるいよ先生、明日、ぼくはどんな顔してみんなの前に立てばいいの？」

ルシルは、労わるような手つきで、ニコラの頭に手を置いた。

「大丈夫。みんなの机の中に、手紙を入れとくから。泣くな！　って書いておくから。みんなら、先生の気持ち、きっと分かってくれるって信じてる。明日分からなくても、数年後には。もちろん、ニコラへの手紙もあるからな。明日、読んでくれよな」

「うん、わかった」

「良い子だ。さぁ、ニコラも帰りな。明日から忙しくなるだろうから、今夜はしっかり寝るんだぞ」

ニコラの頭を撫でたルシルは、手を離し、そっと背中を押して、教室の外へ歩かせた。

「ぜ、ぜんぜぃ！　みじかい間だったけど、あ、ありがどうございまじだぁ！」

ニコラは泣きながら頭を下げた後、転びそうになりながら駆け出した。

全生徒が、廃墟から出て行ったことを確認したルシルは、教室のドアにもたれかかり、そのままずるずると地面に座り込んだ。

「どうされましたか？」

心配そうに近くに寄るミミへ目もくれず、ルシルはただ自分の両の手の平を見つめた。

「ア、アタシは、なんて、罪深いんだ。ニコラに、何も話さず、先生として、接して、でも、そうするしかなかった、だって、言ったところで、どうにも」

手の平が、透明な雫を受け止める。

ルシルは、とめどなく感情を言葉として吐き出していく。

「あいつの親を殺したことは、後悔してない、けど、それが正しいことじゃないかもしれないって、ニコラを見て、気付いて、アタシは、アタシは――」

ミミはかがんで、ルシルの目元にハンカチを当てた。空いている手で、まるでルシルが生徒たちにそうするように、頭を撫でた。

そんなミミの行動を見ていたシロは、ルシルの背中に手を当て、恐る恐るさする。

ルシルはそれを、黙って受け入れた。


立ち上がったルシルは、生徒一人一人に手紙を書き、机の中に入れていく。

それが終わると、諸々の最終チェックを行っていった。

一ヵ月分の宿題、ニコラに残す学習スケジュール、体育で使う器具類等々。

ミミやシロと協力して行ったため、日が落ちる前に終わらせることができた。

「そうだ。アタシの持ち物とか金とか、全部ニコラに渡しておいてくれ」

「了解」

「なんでそんなことするの？」

ミミは、ルシルがどんな気持ちでそう言ったのかすぐ分かったが、シロは分からなかったようだった。

「なんでだろうな。口に出しちまうと、何かが変わっちまいそうで嫌なんだが、まあ、なんだ、罪滅ぼしって言葉が一番近いんじゃねぇかな、うん、多分」

歯切れが悪そうにそう言うと、ルシルはまるで祈るように胸の前で手を重ねる。

そうしながらしばらく、穴だらけの天井から空を見つめた。


雲で日が陰ったのを契機に、ルシルは動き出した。

教室内の掃除を、てきぱきとこなしていく。ミミは手伝いを申し出たが、断られた。

教壇に落ちた、自らの汗を拭きとってから、ルシルは教室をぐるりと見まわした。

「今日で、終わりなのか。もっと、あいつらと過ごしたかったな」

「楽しかったですか?」

「さあな」

どこか晴れ晴れとしたルシルの横顔を、ミミとシロはその目に焼き付けた。


夕日が沈む頃、ルシルは教室を出た。

荷物は既にシロに渡してある。身に着けているのは、剣とサバイバルナイフのみ。

「シロ、人払いは頼みましたよ」

「了解しましたー」

ミミはルシルの様子を見て何事か察し、シロにそう頼んだ。

ルシルはミミを伴って、広場のすぐ近くにある森の中へ入っていく。

「決着をつけるぞ。いいな？」

「もちろんです。受けて立ちましょう」

ルシルもミミも、不意打ちせず、一定の距離を置き、互いに得物を構えた。

人の気配がない森の中。向かい合う二つの人影。夜へ差し掛かる景色。

「《超越強化《トランセンド・フォース》》」

ルシルは全ての魔力を、その一つの魔法に込めた。

ミミも、魔力リソースの全てを、身体強化魔法に使う。

森の中は、両者にとって得意な空間。純粋な戦闘能力のみで勝敗が決まる。

ルシルは使い慣れた魔法を存分に駆使し、生き残るために全意識を集中させた。

結果、本来は数秒でカタがつくはずだったのに、五分もミミの攻撃を凌いだ。

剣もサバイバルナイフもその手から弾かれ、最後は肉弾戦でミミに挑んだルシル。

自分が持ちうる全てを懸けても、ダメだった。この少女に届かなかった。

ルシルは、首に突きつけられたナイフに、力なく顎をのせた。

「アタシの負けだ。くそったれ。結局、負けるのか。死ぬのか、アタシは」

悔し涙を浮かべるルシルに、ミミは無表情を保ったまま声をかける。

「まだ〇時まで時間があります。何かやり残したことは――」

「ないよ。何もかも清算した。生死をかけた勝負に負けたんだ。本来もうアタシの首は飛んでるはず。なんでそうしないんだよ」

「今、痛みなく命を奪う魔法の準備をしています」

「なんだよ、情けをかけているつもりか」

「私の殺し屋としてのポリシーです」

「変なやつ」

ルシルは、魔力を練っているミミをぼーっと眺めていたが、視界の端にサバイバルナイフが映ると、それに手を伸ばした。

もちろんミミにナイフを突きつけられているため、それを取ることはできない。

そんな時、二人の戦闘の邪魔をしないように隠れていたシロが姿を現した。

シロは転がっていたサバイバルナイフを拾って、ルシルに手渡す。

「いいのかよ、相手に武器を与えて」

「ミミ先輩なら、こうすると思ったから」

確認するように目を合わせてきたシロに、ミミは頷いた。

ミミは魔法発動のため、尻尾のような紐を引き抜く。

ルシルは懐《ふところ》から布を取り出し、サバイバルナイフを磨き始めた。

兄さん姉さんからプレゼントしてもらったもの。

相棒。

アタシの魂。

ミミが、鎌を構える。ルシルの目からはただの棒にしか見えないそれが、自分の首筋を狙っていることが分かった。

ルシルはサバイバルナイフを握りしめ、そして――。

手製の鞘におさめた。

「なあ。アタシに先生やらせようって言ったのは、あんたらのどっちだったっけか」

ミミは無言で、シロを指し示す。

「これ、やる」

ルシルは鞘におさめたサバイバルナイフを、シロへ差し出した。

「いいの？　大事なものなんじゃ」

シロは顔に戸惑いの色を浮かべながら、震える手を伸ばす。

「いいから、もっとけ」

ルシルの炎のような瞳を、シロは受け止めた。

その瞳の印象は、初日とは異なっていた。

そう、まるで、焚火のような——。

「分かった。大切にする。絶対」

シロがサバイバルナイフを腰に装備したのを見てから、ルシルはミミに向き直った。

「あんたには酒をやる。アタシの持ち物、全部ニコラに渡してくれって言ったけど、あいつ、まだ飲めないからな」

「私も飲めませんが」

「部屋にでも飾っておいてくれ。んで、成人したら全部飲め」

「了解。ボトルを空ける日が楽しみです」

ミミが頷いたのを見てから、ルシルはふっと息を大きく吐き出し、踏み込んで拳を繰り出した。ミミはそれを避け、すれ違いざまに鎌を振るう。

一瞬見えたルシルの唇の動き。

『あばよ、ミミ』

そう言っていた気がした。

「《汝の旅路に幸あらんことを《Bon voyage》》」

倒れ伏す寸前のルシルを、ミミは地面を強く蹴ってターンし、受け止めた。

ミミはルシルの亡骸を地面に横たえてから、剣を拾いにいき、その手に握らせる。

目を閉じ、鎌を捧げ持って立ちつくすミミの横を通り、シロはルシルの傍《かたわ》らに腰を下ろした。サバイバルナイフを抜き、目の前にかざす。
シロは、既に磨かれているそれを、穴が開くほど眺めたのだった。

interlude

幕間

「どうしてルシルは、あれだけ大事にしていたサバイバルナイフをあたしにくれたんだろう」

事務所でミミ、ニイニ、シロの三人で事務作業をしている最中に、シロがそんなことを言った。任務後のミミからのフィードバックがまだだったのもあり、ちょうど作業が一段落したのを見計らっての発言だった。

「分かりませんか？　ルシルさんは、自らの半身であるサバイバルナイフを渡すことで、シロに感謝を示したんです」

「そんなに喜んでくれてたんだね」

シロは肌身離さず身に着けているサバイバルナイフを取り出し、ぼんやりと見つめる。

「想《おも》いを素直に言葉にして伝えてくれる人は、中々いません。その人の行動や、ちょっとした一言で、どんな気持ちなのかを推し量るしかないんです。ルシルさんがサバイバルナイフを渡したことの意味を、これから先も、考え続けてみてください」

「うん。そうする」

素直にそう答えたシロは、サバイバルナイフの表面を、何度も指でなぞった。

「私も、考え続けています。以前は答えを出すことができなかった、エドガーさんの件ですが、ルシルさんとのやりとりを経て、ようやく答えられるようになりました」

「あたしも、分かったかも」

ミミは作業の手を止め、顔を上げる。

「聞かせてください」

シロはうつむいて書類と向き合ったまま、ぽつりぽつりと言葉をこぼしていった。

「人の願いって、いくつもあるんだね。大事な想いって、一つじゃないんだ。ミミ先輩はそんな願いの中でも、何て言うんだろ、純粋で、綺麗《きれい》なのを掬い上げてあげたいんだよね。ドロッとした、黒いのだと、どこかに何か残っちゃうんだよね。だから、心から笑えないんだ」

「罪人たちだって、本当は誰《だれ》かに恨みなんか持ちたくなくて、誰かを、何かを好きでいたくて、その好きなものを、最期の瞬間の前までに、少しでも与えられたら、思い出してもらえたら——自死なんて、頭によぎらないくらい、幸せな時間を過ごしてもらいたいんです」

「そっか。そうだったんだ。だからミミ先輩は、ターゲットに犯罪をさせたくないんだ。残っちゃうから。あたし、勘違いしてた。ごめんなさい。エドガーの時、浅い願いなんて言っちゃって。あれもまた、エドガーの叶《かな》えたかった願いだったんだね。ミミ先輩のやり方で一週間後を迎えたら、エドガーは笑って逝《い》けたのかな」

「それは分かりません。私たちは、自分の手で殺した人間のことを、想うことしかできませんから」

「あたしたち殺し屋が、人を殺す罪。想うことって、その罪と向き合うってことなのかな」

「そうかもしれませんね」

「考えて、自分にとっての答えを出す……」

「そうです。シロも、任務を通して、分かってきましたね」

「まだ分からないことだらけだよ。むしろ知れば知るほど、分からないことが増えていく」

「良い兆候ですね。これからも、私と一緒に知っていきましょう。人と、己《おのれ》を」

「うん。そうする。そうしたい」

顔を上げ、決意に満ちた瞳《ひとみ》をしたシロを見返し、ミミは大きく頷《うなず》いた。

「では、事務作業の続きをしましょう」

「はぁい」

シロは真面目《まじめ》な空気を霧散させるように、気の抜けた返事をした。

ミミとシロが再び書類を手にしようとした時、ニイニが顔を上げる。

「二人とも、まだ前の任務の疲れが抜けてないだろ。今日はもう上がってくれ」

「でもニイニ、まだ仕事が残って――」

「あとは裏方の僕に任せて。実働班の二人は休むべきだ」

ミミは、ニイニこそ休むべきだと言いたかったが、ニイニの目が妙にギラついていたため、口をつぐんだ。

「やったー！　じゃあお言葉に甘えて休もう！　ミミ先輩、近くの公園のベンチで日向ぼっこでもどう？」

「睡眠をとろうと思っていたのですが」

「実は隣町にある老舗店のチョコクッキー手に入れたんだけど」

「行きましょうか」

「そうこなくっちゃね！」


事務所のすぐ近くにある公園のベンチに、二人は並んで腰かける。

シロがミミに身体を密着させようとし、ミミは腕を突っ張ってそれを阻止しようとする。そんなことを繰り返すこと数十回。両者とも妥協し、適切な距離を保つことになった。

平日の夕方前ということで、公園には誰もいなかった。一応探知魔法等で警戒しつつも、ある程度肩の力を抜いて日向ぼっこをすることができた。

「さあミミ先輩お待ちかねのチョコクッキーだよー」

シロが取り出したクッキーの袋は、一瞬のうちに消え去った。

気付けばそれはミミの手元にあり、瞬く間に開封され、中にあったチョコクッキーはミミの小さな口へと吸い込まれていく。

そんな様子を、シロはニコニコしながら眺めた。

ミミはクッキーを咀嚼し終えると、懐《ふところ》から小さな紙袋を取り出した。

「もらいっぱなしは良くないので、これあげます」

「これなぁに？」

「クッキーです。私が作りました」

ミミは、定期的にクッキーを作り置きしている。あの味を忘れないように。

「え⁉ ミミ先輩の手作りクッキー⁉ 食べたい食べたい食べたーい！」

「どうぞ」

ミミと同じくらいの速さで、シロはクッキーをたいらげた。

「素朴な味！ だからこそ食べやすい！ 手作り感があって良い！ いくらでも食べられちゃう！ 隠し味は間違いなく愛情だね。あぁ、ミミ先輩の愛が伝わってくる～！」

抱き着こうとしたシロを、ミミは片手で止めた。

「別にシロに向けた感情は込めていません。まだまだあるので、今度は静かに食べてください」

無表情のまま、ミミは懐からもう一つ紙袋を取り出し、シロの手に押し付けた。

「分かったー！」

今度は深く味わうように、時間をかけてクッキーをかじる。

ミミはそんなシロに目もくれず、頭上に生い茂る枝葉の隙間《すきま》から、青い空を眺めた。

これまで幾人ものターゲットと接してきた。

ターゲットと接していると、時折、自分自身の気持ちが浮かび上がってくる。ターゲットを通して、これまで不明瞭だった自分の心が、はっきりと見えてくる。

組織から抜けた時、生きていくための指針ができた。心の輪郭が作られた。

その輪郭の中に、複雑怪奇な感情が潜んでいることに気付いた。

いくつもの感情が絡《から》み合《あ》っていて、その全《すべ》てを解いて元を辿《たど》ることはできない。相互に影響して、知覚できるくらいに強い欲求、感情を作っていく。

ミミは、ターゲットたちを見ていて、自身の欲求に気が付いた。思えば、過去にもその欲求に振り回された。

ニイニとアメリアが再会した時に湧《わ》いた感情。その正体。

「私の、家族……」

「ミミ先輩の家族？」

シロに言われて、口にしていたことに気付く。

無意識に言葉にしてしまっていた。感情をコントロールすべき殺し屋がこんなこと、あり得ない。

ミミは内心動揺した。それほどまで、自分は気にしていたというのか。

「い、いえ、その、私は、生まれた時から組織にいたので、生みの親を知らないな、と」

「へぇ。ミミ先輩でも気になるんだね、そういうの」

「シロは、いえ、なんでもありません」

「あたし？　いたよ～両親。大好きだったけど、二人とも事故で死んじゃったんだ～」

シロは普段と変わらないテンションでそう言い、指に付いていたクッキーの粉をぺろっと舐《な》めとった。

「そう、ですか。すみません、言わせてしまって」

「ううん。事故だったから仕方ないよ。ってあたしの話はいいの！　ミミ先輩、家族が欲しいの⁉　ならここにあたしがい――」

「いえ。血の繋《つな》がった家族に興味があるんです。これまで見てきた、血の繋がった家族の絆《きずな》は、特別なもののように思えました。家族のためには、自身の命すら投げ出せる。人を殺せてしまう。そこまで強い思いが生まれることなんて、そうありません。だから、気になるんです。私にも、そんな家族がいたのだろうか、と」

ルシルの姿が、くっきりと頭の中に浮かぶ。

思考を整理するためにも、ミミはシロに心情を吐露した。

こんなにすんなり話せてしまったのは、きっと、ミミ自身、期待していなかったから。

自分は、両親のもとに辿り着くことができない。そんな確信があった。

組織はきっと、ミミを組織に入れる際、両親の情報を洗っている。そこで引っかからなかったということは、もう亡くなっているか、消息が摑《つか》めないほど遠くにいるかのどちらか。

両親の情報も、組織によって消されているはず。今更知りようもない。

複雑な感情を灯したミミの横顔を、シロは同じような表情で見つめた。

「あたし、エドガーとルシルの任務で、家族について考えさせられたんだ。あたしにとっての家族は、両親。なんかね、気付かない方が良かったことに気付きそうで、怖いの。でも、この違和感を放っておきたくない」

「急に、どうしたんですか？」

シロは、うーんうーんと唸《うな》りながら、こめかみを親指で押さえる。

数秒後、シロは何かを思いついたように指を鳴らした。

「ミミ先輩、あたし、ちょっと本部に戻らないといけなくなっちゃった」

「そんな話は聞いていませんが。困ります。次の任務では、あなたにターゲットとの一週間を任せようと思っていたんですよ。その間、私は隠密魔法を使い、すぐ傍でサポートしようと」

「ありゃりゃ。それは残念。あのね、あたし宛てに直接手紙が届いたんだよ〜。デュオからだった！　手続きとか色々あるらしくてさ〜。そんなに日数はかからないって書いてあった！というわけで、あたし、そろそろ行くね！　特に準備とかもないから、ミミ先輩はこのままここでゆっくりしてて。お見送りとかいらないからね！　じゃあね〜」

一息にそう言うと、シロはあっという間に姿を消した。口を挟む時間もなかった。

手紙類はまずニイニのもとに届くはず。どうやって直接届いたのか。特別な方法を使ったのだろうか？

いくつか疑問は残るものの、シロを追いかけることはしなかった。

シロは、ミミとニイニとは違い、組織所属の人間。組織に従うのは当然のこと。元よりシロは研修中。戦力には数えていない。いつも通りに戻るだけだ。

ミミは、一組の親子が公園に入ってくるまで、ベンチに座りながら、空を眺めた。顔も名前も知らない両親に、想いを馳せながら。

第四章　元邪教の信徒

DAY1

「一週間後、あなたを殺します」

うららかな日和。温度調節されたビニールハウスの中、ミミの無機質な声が響く。

「ひっ、その、黒服は⁉」

姿を現したミミを見た女性は、驚いて尻《しり》もちをついた。

あわわ、と唇をわななかせながら祝詞《ノリト》を唱えようとするも、上手《うま》くいかない。

「この服装に見覚えがあるのですか？」

「だってそれは！　――あれ、よく見たら全然違う」

女性の身体の震えはぴたりと止まった。

「私は、あなたが所属していた、あの宗教とは全く関係ありません」

「ならなんで、わたしを殺すだなんて」

女性は緩慢な動きで立ち上がった。

「あの宗教、いえ、邪教と呼んだ方がいいでしょう。そこに所属していた時、あなたは一般人を殺しましたね？　年若い女性を。その女性の家族からの依頼です」

のんきにベージュボブの髪を耳にかけていた女性は、ミミからその話を聞くなり、ぶわっと目に涙を浮かべた。

「だってぇ、仕方なかったんだもん！　あの宗教、教義に反したら、死でもってその罪を贖うとかでぇ！　殺さなきゃ殺されてたんだよぅ！」

へたりこんで泣きはじめた女性を前に、ミミはただ突っ立っていることしかできなかった。

今回はこのターゲットに関する情報を、ほとんど集めることができなかったから。

犯行の裏は取っている。逆にいえばそれだけだ。

原因は、ターゲットが所属していた邪教。その邪教はかなり力を持った組織だったらしく、信徒たちの情報のほとんどが消されていた。まるで、ミミがいた組織みたいに。

分かっているのは、名前と、その罪だけ。

イザベル・ルリエーヴル。二十六歳。元邪教の信徒。信徒時代に、邪教を嗅ぎまわっていた記者を殺害。

邪教内でクーデターがあり、その混乱に乗じて邪教から抜け、今にいたる。

「泣いても私があなたを殺すことは変わりません。一週間は何もしませんので、この期間を利用して、やりたかったことをするなり、身辺整理をするなり、好きにしてください」

「そんなこと急に言われても無理だよぉ！」

更に泣き声が激しくなっていく。あまりこういうタイプとは接したことがなく、ミミは珍しく狼狽えた。

「そうですよね、殺しにきた私が言うのも変ですが、急にそんなこと言われても困りますよね。

「涙、拭いてください」

ミミは、イザベルの目にハンカチを当てる。

全く泣き止《や》む気配を見せないイザベルの涙を引っ込めたのは、ビニールハウスに響いたベルの音。

「お客さんが来た！　どうしよう、こんな顔じゃ人前に出られない！」

「レジ程度なら私でもできます。会計している間に、整えてきてください」

「エプロンだけは付けて！　レジの下に一着だけ予備があるから！」

人が変わったように引き締まった表情になったイザベルは、早足でビニールハウスを出て行った。ミミもそれに続く。

イザベルは個人で園芸店を営んでいた。繁盛していたわけではなかったが、ぽつりぽつりとまばらにお客さんがやってくる。

店は半分屋外になっていて、外にはいくつもの苗、草木、花々が並んでいた。

屋内部分には、肥料やジョウロなど、園芸グッズがところせましと陳列されている。

言われた通りエプロンを付け、ミミはレジカウンターに立った。

「あら、かわいらしい店員さんねぇ。ベルちゃん、従業員は雇わないって言ってたのに」

品の良いご婦人が気さくにミミに話しかける。ミミはご婦人の手から買い物カゴを受けとり、カウンターにのせた。

「臨時で入っています。お会計しますね」

「はぁい、お願いね。今日はベルちゃんお休みかしら？」

「いえ、じきに来ます」

「そう！　それなら、ベルちゃんが来るまでここで待たせてもらってもいいかしら？」

「はい。ベンチでおくつろぎください。屋内でお休みになるのでしたら、イスの用意もございます」

ミミは会計を終え、苗を袋の中に入れ、ご婦人に取っ手を握らせる。

「助かるわぁ。それにしても、丁寧な接客ねぇ。ベルちゃんは良い子を雇ったのね」

ご婦人は上機嫌に、屋外のベンチへ向かった。

ほどなくしてレジに到着したイザベルに、ご婦人の件を伝える。

ご婦人は常連さんらしく、イザベルはすぐにベンチへ向かった。

和やかに会話する二人を観察しながら、ミミは店の商品一つ一つを頭に入れていき、同時に清掃を行う。

戻ってきたイザベルは、ミミの頭をぽんぽん軽く叩《たた》いた。

「あなた、すっごく評判良かった！　仕事もすっごくできそうだし、今日のところはとりあえずお店の仕事覚えてもらっていい？」

「了解。問題ありません」

「そういえば、お名前は？」

「コードネーム33。ミミです」

「ミミちゃんね！」

凛々しい顔付きをしたイザベルは、手際よくミミに仕事を叩き込《こ》んでいく。

たった一日で仕事の半分以上を習得したミミは、店じまいまで精力的に働いた。

店を閉めた途端、イザベルは身体から力を抜き、床の上で両手両足をじたばたさせる。

「やだぁ！　まだ死にたくないいいい！　やだやだやだぁ！」

ミミは、別人のように駄々をこね始めたイザベルの前で、泣き疲れるのを待つばかりだった。

体力が底をついたイザベルは、無言で食事、明日の準備、入浴をしてから、ベッドに潜り込んだ。

「もう何も考えたくない。寝る。明日もお客さん来るし」

「今、考えておかないと、最期の瞬間、後悔しますよ」

イザベルのベッドの傍《かたわ》らに立ち、窓際に背を預けたミミは、真《ま》っすぐイザベルの茶色い目を見つめる。

イザベルは、そんなミミの真剣な眼差《まなざ》しから、寝返りを打って逃げた。

「むり。考えると怖くて動けなくなっちゃうもん。それに、やりたいことなんてないし。今はただ、仕事をすることしか考えられない」

「なら、私はただ、仕事のお手伝いをするだけです」

「とりあえずそうして。おやすみ」

「おやすみなさい」

疲れからか、すぐに寝息を立て始めたイザベル。

ミミは、このまま最終日まで同じように過ごすか、イザベルの心に触れにいくのか、悩みながら眠りについた。

ＤＡＹ２

早朝。息を殺したイザベルは、草刈り用の鎌を持ち、ミミの首めがけて振るう。

当然、ミミは避けた。目を瞑ったままイザベルの手を捻り上げ、鎌を取り上げる。

「いたたたた！　離してぇ！」

ミミはゆっくりと瞼を開き、悲鳴を上げるイザベルに、表情の浮かばない顔を近づける。

「身のこなしは素人なのに、武器を振るその瞬間だけ迷いがありませんでした。戦闘訓練をしたことがないのに、人を殺したことがある人間。それがすぐに分かります。一体、あなたに何があったんですか？」

解放されたイザベルは、床に膝《ひざ》をついて、ミミの腰にすがりついた。

「しょうがないことばっかりだったんだよぅ！　わたしの人生はぁ！　うわあああん！」

ミミの任務服がイザベルの涙で濡《ぬ》れていく。

「開店準備、しなくてもいいのですか？」

「よ、よくない！　うわ、もうこんな時間！　早く早く！　ミミちゃんも手伝って！」

「了解」

仕事モードに切り替わったイザベルは、ぐにゃぐにゃの身体に芯《しん》を一本通したように背筋を伸ばして立ち上がると、自室を飛び出した。


「一緒にお風呂《ふろ》入りながら話そ」

一日の終わり。へとへとに疲れ切ったイザベルは、ミミを入浴に誘った。

「分かりました」

ミミはこれまで生きてきて、誰《だれ》かと入浴を共にするというのははじめてのことだった。

脱衣所でミミの裸体を目にしたイザベルは、息を呑《の》んだ。

「すごく、たくさんの傷……」

「はい。生まれた時から、殺し屋として訓練を積んできましたから。未熟だった時期は生傷が絶えませんでした。見苦しくて申し訳ありません」

「見苦しくなんかないよ！　だって、頑張った証じゃない！　見てみてよ、わたしの手なんてもうボロボロだよ～」

イザベルは苦笑いしながら、皮が厚く、爪《つめ》の間に土が詰まった指を突き出した。

「この手も、あなたが一生懸命働いた証しですね」

ミミはイザベルの手を取り、優しくさする。

「そういうこと！」

イザベルはミミの手を握って、浴室へ引っ張っていった。

身体を洗った後、向かい合って浴槽に入る。ミミの身体が小さいおかげで、二人で入っても余裕があった。

「今日も疲れたねぇ」

「そうですね」

「ミミちゃんのおかげで色々と助かってるよぉ。すぐに仕事覚えちゃうし、愛嬌を振りまいてるわけじゃないのに、お客さんに好かれてるし。きっと丁寧だからだね。すごいねぇ」

「あなたの方がすごいです。あなたは、商品、つまりは植物を愛していますし、お客さんに愛されている。それが伝わってきます」

「えへへ。照れるなぁ。このまま二人で、この園芸店を盛り立てていこーう！」

「それは無理です。私はあなたを殺しにきたのですから」

イザベルはにこにこ笑顔から一転、目じりを下げる。

「ミミちゃん、今、武器持ってないよね？　だったらわたしでも倒せるかな」

「一〇〇パーセント無理でしょう。私は魔法も体術も極めていますので」

「だよね～。こんなわたしじゃ、どうやっても勝てないよねぇ」

イザベルは顔を湯につけて、ぶくぶくと空気を吐き出す。

「そんなあなたが、どうして人殺しをもいとわない邪教なんかに、入信してしまったんですか？」

イザベルは顔を勢いよく上げた。お湯が飛び散り、ミミの黒髪にかかる。

「そんなヤバい場所だったなんて、知らなかったんだよぅ。わたしさ、頭よくなりたかったんだ。たくさん勉強したかった。でも両親は家業を手伝えの一点張り。元々親と仲悪かったし、家出して都会に出たの。楽観的なわたしに待ってたのは、現実だった。田舎から出てきたわたしにみんな冷たかったし、働きながら学校通おうかと思ってたのに、生きてくのに精いっぱいでそれどころじゃないし」

「それで、邪教にすがったと？」

「ううん。わたしと同じような境遇の人と出会って、意気投合して、そのうち付き合うことになったの。最初は良かったんだけど、その彼氏がある日、その宗教に入っちゃって。入信すれば勉強もできるし、幸せになれる。そんな口車にのせられて、まんまとね。それからしばらくして、信徒たちの金庫からいくらかお金を盗んだ彼氏は、教義に反したとして殺されて、それを見た私は、もう従うしかなくて、それで……命令されるまま、人を……」

イザベルは涙を浮かべて身の上話をしながら、こっくりこっくり舟をこぎ始めた。

ミミはイザベルが意識を取り戻すまで、溺れないよう身体を支えたのだった。

ＤＡＹ３

今日はお店の定休日。商品や道具のメンテナンスを終えてから、イザベルは店の裏手にあるビニールハウスに入る。

園芸店の植物は、全《すべ》てイザベルが自身で生産している。いくつもあるビニールハウスで数多くの品種を育てているのだが、今入ったビニールハウスは、唯一、イザベルの趣味用だった。

イザベルに続いて足を踏み入れたミミは、眼前の光景に目を奪われる。

一面の白薔薇。

入り口から真っすぐ白いタイルで道が作られており、その先には白い屋根、テーブル、イスが設置されていた。

「どう？　わたしの白薔薇園！　ここでゆっくりするのが、一番幸せなんだ～。誰もここに入れたことなかったんだけど、ミミちゃんは従業員だから入れてあげるね～」

「これは、すごいですね。入れていただき、ありがとうございます。とても、綺麗《きれい》です」

「そうでしょうそうでしょう！　管理が大変なんだけど、その分、この世で一番美しい光景を見られるんだから、安いものだよね！」

イザベルは上機嫌に鼻唄を歌いながら、テーブルについた。

「私、紅茶を淹れてきますね」

「本当⁉　ありがとう！　よろしくねぇ」

ミミはすぐに家まで戻り、紅茶を用意する。

ビニールハウスに戻ってくると、ミミ用のイスが用意されていた。

「こちらにどうぞ～」

「ありがとうございます」

テーブルにカップを置き、紅茶を注《そそ》いでから、ミミは腰を下ろした。

「んん～、良い香り！　同じ茶葉のはずなのに、わたしが淹れるのと全然違う～」

イザベルは香りを楽しんだ後、カップに口をつける。飲み下した瞬間、美味《おい》しい！　という一声が飛び出した。

「紅茶を淹れるのが上手い人に教わったんです」

「すごいねぇ。わたしも教わりたいなぁ」

二人はしばらく、ティータイムを楽しむ。

「どうして園芸店を営もうと？」

「うちさ、農家だったんだけど、余った土地で花を育ててたのね。少しだけ売れたんだけど、地元の地域じゃほとんど売れなくてさ。結局途中でやめちゃったんだ。でもわたしは、花を育てるのが一番好きだった。それを、命からがらあの宗教から抜け出した後に思い出したんだ。今思えば、都会に勉強しに行くーっていうのは、単にあの環境から逃げ出したかっただけなのかなーって。逃げてばっかりだったから、こんなことになっちゃったのかなーって、ミミちゃんが来てから思ったんだ。こんなことなら背伸びせず、最初から素直に生きれば良かった」

イザベルは紅茶で唇を湿らせ、ほっと一息吐き出した。

ミミはカップを置き、イザベルと同じように、視界いっぱいの白薔薇を眺める。

ビニール越しにぼやけた陽光が、白薔薇園を包み込んでいた。

紅茶が甘さ控えめな分、薔薇の甘い香りで鼻腔を満たす。

「よくあの邪教から逃げ出すことができましたね」

イザベルは身震いしてから、苦笑いを浮かべた。

「運が良かったんだよ。ちょうどその時期、教祖に不満を抱いていた幹部たちがクーデターを企てたの。教祖と、教祖派の幹部を殺そうとしたんだって。それで反教祖派の幹部が信徒たちを扇動して、反逆した。わたしは彼氏を殺されたし、やりたくもない殺しをさせられたしで、反逆に協力したんだ。亡命するために教祖は飛空便を使うとかで、その便の竜に遅効性の毒を飲ませたりだとか、事故に見せかける細工を手伝ったりとか、色々やったなぁ」

「大事なことを任されたんですね」

「トカゲのしっぽ切りにちょうど良かったんじゃないかなぁ。うすうす使い捨てられることには勘付いてた。だからその前に、みんながクーデター成功の祝福ムードで浮かれてた隙を狙《ねら》って逃げたんだ。わたし、逃げるのだけは上手いし、行動力あるから」

イザベルは自虐的に笑う。

「それも立派な能力です」

「そうかなぁ。恨みつらみがそうさせてくれたのかも。わたしも軽率だったけど、そもそもあんな宗教がなければ、こんなことにはならなかった。彼氏とも、結婚する予定だったのに。未《いま》だに許せないよ。甘い言葉で誘って、入った途端脅して、汚いことをやらせる。あの宗教組織、まだあるのかなぁ」

握りしめた拳《こぶし》が、小刻みに震えていた。

鼻先を伝った雫が、カップの中に落ち、音を立てる。

更に邪教について尋ねようと口を開きかけたミミは、身体を強張らせた。

耳元で、何者かの息遣いが聞こえる。

その何者かは、ミミにあることを囁《ささや》いた。

声で分かる。シロだ。

近くにいることに、ミミは気付けなかった。

今まで見せたことのない、高度な隠密魔法を使っていたのだ。

ただ、囁かれた内容が、あまりに衝撃的で、しばらく理解することができなかった。

数秒経《た》ち、ようやく脳が言葉たちを咀嚼しはじめる。

「ミミ先輩の両親、組織の創始者だったよ。父親がアルクで、母親がネモ。ミミ先輩は、自らの肉親を、その手で殺した。親殺し。それってとっても罪深いよね」

意識が、現実から引きはがされた。

私の両親が、アルクとネモ。

そんなこと、あるはずない。

本当に？

ついぞ見ることはなかった、眼帯に隠れたアルクの片目。

もしかして、あの眼帯の下には、自分と同じ金色の――。

ミミは、あまりの情報に、頭が混乱しかける。

そうやって、ミミの心を乱し、気を逸らせることが、シロの目的だった。

シロの高度な隠密魔法には時間制限があるのか、唐突に解けた。

解けたと同時に、シロは通常の隠密魔法を使う。

そうだとしても、シロの隠密魔法の精度は、僅かにミミを上回っていた。

そのこともあり、ミミは、シロの攻撃を、止め切ることができなかった。

鮮血が噴き出す。

白い薔薇を、赤く染めていく。

イザベルに襲いかかったナイフの軌道を、ほんの少ししか、逸らすことができなかった。

イスからずり落ちたイザベルの瞳《ひとみ》が、隠密魔法を解いたシロを捉《とら》える。

「イザベルさん！」

「ミミちゃん、頰《ほお》の十字架、そいつ、教祖、ごほっ！」

「無理に話さないでください！　少しでも、長く、ほら、すぐ近くに、あなたが愛する白薔薇が！」

言ってから気付く。周りには今、赤い薔薇しかない。

が、イザベルは、薔薇に目もくれず、真っすぐミミを見つめた。

「お店、手伝って、くれて、ありが――」

そう言い残して、イザベルはこと切れた。

「シロ！　あなた、なぜ、こんなことを！」

「ごめんねミミ先輩、さっきは親殺しなんて、ヒドイこと言っちゃって。でも、ああでもしないと、ミミ先輩、イザベルを守るだろうから」

シロは、イザベルに冷たい目線を落とす。

「だから！　なぜ殺したんですか！」

ミミは感情を抑えられず、シロに摑《つか》みかかろうとする。

シロは跳躍し、出入り口付近に降り立った。

「どうせ殺すんでしょ？　今殺しても変わらなくない？　先走ったことについては謝るね。ごめんなさい。ごめんなさいついでにもう一つ。ちょっとあたし、どうしてもやらなきゃいけないことがあるから、しばらく戻らないかも。わがままでごめんなさい。それじゃ」

言い終わってすぐに、シロは隠密魔法と身体強化魔法を使い、ビニールハウスから急速に離れていく。

ミミはすぐに追いかけるか迷ったが、イザベルの遺体を処理することを選んだ。

このまま放置するわけにはいかない。遺体も、この白薔薇園も。

ミミは遺体を綺麗にし、跪いて、鎌を展開して捧げ持つ。

「《汝の旅路に幸あらんことを《Bon voyage》》」

ミミは、薔薇についた血液を全て拭き取ってから、ビニールハウスを出た。

一週間後に殺すって言ったはずなのに。

やりたいことをやらせてあげるって言ったのに。

約束を守れなくて、ごめんなさい。

そうやって、心の中で、何度もイザベルに謝りながら。

interlude
幕間

ミミは事務所に戻り、ニイニに事の顚末を伝えた。
任務は無事完了したこと。
シロが独断専行でイザベルを殺した後、どこかへ消えたこと。
自分の両親が、アルクとネモだったこと。
ミミは報告中、終始上の空だった。普段に輪をかけて感情がない。
立っていることすらおぼつかず、重心が何度も傾いていた。
ここまで茫然自失状態に陥《おちい》っているミミを見るのは、ニイニにとってはじめてだった。
ニイニは、後のことは自分がやっておくからと言い、ミミを自室へと運んだ。
ドアが閉まる音を聞いたミミは、我に返った。
部屋の隅に立てかけてある姿見の中の自分と目が合う。
右の金の瞳《ひとみ》は、虚無を映し。
左の蒼の瞳は、アルクと重なった。
そのイメージを振り払うため目を閉じ、ベッドへ倒れ込む。
止まらない思考の渦。感情が追い付く様子は、まだない。
シロが動揺を誘うために嘘《うそ》を吐いた可能性はまだ残っている。
ただ、ミミには嘘に思えなかった。直感があった。
なんで気付かなかったんだろう。虹彩の色が、全く同じだったことに。

私の両親は、ネモとアルク。
ネモ。
組織を立ち上げた初代ボス。組織が成長中に、敵対勢力に襲われ、亡くなった。
アルク。
二代目ボス。最愛の妻、ネモを亡くしたことをきっかけに、道を踏み外した。
私が殺した。
アルクは、私が殺した。
そのアルクが、私の父親？
私は、血の繋《つな》がった、実の親を、自らの手で、殺した？
これまでの任務を通して積み重なり、育っていった気持ち。
それは、家族に対する憧《あこが》れ。特に、血の繋がった肉親への。
私が、抱いていいものではなかった。
焦《こ》がれてやまなかった家族を、唯一の肉親を、私は、自分で――。
ミミは懐《ふところ》から、肌身離さず持ち歩いていた眼帯を取り出した。
はじめて自分の意志で殺した人。
私の、父親。
ミミは、眼帯を強く握りしめる。

アルクは、私が娘だってこと、知ってたの？

知ってたならどうして、私を殺そうとしたの？

どうして、自分を私に殺させたの？

どうして？

アルクと私は、普通の親子になれなかったの？

ルシルのように、家族のことを強く想《おも》うことはできなかったの？

エドガーの両親のように、アルクは私のことを疎ましく思っていたの？

ミミが心の中でした問いかけは、闇夜《やみよ》に落ちていくばかりだった。

そうして数日間、ミミは自室にこもって考え続けた。

ただただ自問自答を繰り返すばかりで、一歩も前に進めない。

ターゲットについても後悔が募る。

シロの監督を怠ったせいで、エドガーに罪を重ねさせてしまった。

イザベルに、一週間後に殺すと約束したのに、守れなかった。最期に幸せな時間を過ごさせてあげることができなかった。

何をやっているのだろう、私は。

こんな時、家族がいたら、助けてくれるのだろうか。

ネモについては、何一つ記憶がない。

アルクには、もう何一つ訊くことができない。

だって、自分が殺したのだから。

結局、何度考えても、そこに行きついてしまう。

全《すべ》ての可能性を、自分自身で奪った。

こんなことになるなら、あの時、殺さなければ。

一瞬そう考えてしまい、ミミは思考の流れを止めた。

今、何を願った。その後悔だけは、してはいけない。

実の父親だからといって、その人の罪は消えない。アルクは、何人もの罪なき人を、自分のわがままのために殺した。だから、私はアルクを殺した。

そうしなければ、今まで殺してきたターゲットたちに申し訳が立たない。

あの時、殺さなければ。そう考えることは、私にとっては罪に等しい。

このままではいけない。何か、何かしないと。

そんな風に焦燥感に駆られながら、ベッドの上で寝返りを打つ。

「ミミ、ちょっといいか」

ドア越しにニイニの声が聞こえてきた。

ミミはパジャマのまま、部屋の外に出る。

「ニイニ、ごめんなさい。ろくに仕事もせず、部屋に引きこもってしまって」

顔を上げると、ニイニと目が合った。

その目つきのせいで、張り詰めていたものが一気に解《ほど》ける。

ミミが成長してからは向けなくなった、あの、子どもを慈しむような目。

懐かしさが、溢《あふ》れた。

「いいんだよそれは。ミミにとって、受け止めきれないほど大きな事実を知ってしまったんだから」

「いえ。シロが、嘘を吐いた可能性もありますし」

内心そう思っていないのに、無理に笑うために、そう言った。

ニイニは逡巡の後、ポケットから手紙を取り出す。

「先日、この事務所に届いた。ここに届いた郵便物は、全てまず僕の目で確認することは知ってるよね。差出人も宛名も書いてない上、意味深なメッセージだったから、渡そうか迷ったけど……」

ミミは、まだ迷う様子を見せているニイニの手から、手紙を受け取った。

『コードネーム46から聞いた話について、詳しいことはコードネーム33がこちらに戻って来た時に話す』

「これは間違いなく、私宛の手紙です。デュオが愛煙している煙草のにおいが僅かに残ってますし、筆跡もデュオのものです。詳しいことは、デュオが直接、話してくれるのでしょう」

これで確定してしまった。シロからもたらされた情報が、真実であることが。

当たり前の話なのに、気付かなかった。

ネモとデュオは、姉弟《きょうだい》関係にある。

ミミから見れば、デュオは叔父にあたる。

血の繋がった、親戚だ。

デュオが、自分を養子にした理由が分かった。

ミミが、姉の子だったから。

「デュオは、ミミの両親がボスとアルクさんだってこと、知ってたんだね」

「はい。ネモとデュオは、姉弟だそうです。だから、幼い頃から、私に良くしてくれて、デュオとアルクは親友で、デュオの前で、私は、アルクの首を、実の親を、私は、この手で」

このことを外に吐き出す時、声が震えてしまう。

受け入れなければ、直視しなければ。

頭では分かっているのに、心が追い付かない。

ここでミミは思い至った。

これはまさに、ターゲットたちが乗り越えてきたものだと。

己《おのれ》の罪と向き合うこと。

こんなにも、苦しいことだなんて。

これまでのターゲットたちは、それをやってきた。

なのに、私は。

「先に事務所で待ってて」

ニイニはそう言うと、キッチンの方へ消えていった。

数分後。事務所のイスに座り、膝《ひざ》の上で拳《こぶし》を震わせながら縮こまっていたミミの前に、コト、と、マグカップが置かれた。

「ありがとう、ございます」

ホットチョコレート。

甘さと温かさが、沁み込んでいく。

ちびちびと、少量ずつ飲み下していくごとに、強張った身体が弛緩していった。

「どう？　少しは楽になったかな？」

ニイニはミミの隣のイスに座ると、自分のマグカップを口元で傾けた。

「すごいですね、ニイニは」

「何もすごくはないさ。ただミミと付き合いが長いだけだ。ミミ、これからどうする？　帰国して、デュオに話を聞きに行くか？」

もちろん、今すぐにそうしたいと思っていた。

しかしミミには、気になることが一つあった。

「シロは、どこに行ってしまったのでしょう。ニイニ、何か知っていませんか?」

まだ混乱の最中とはいえ、この数日で幾分か冷静な思考を取り戻したミミが、ずっと引っかかっていたこと。

イザベルがシロを見て口走った、教祖という言葉。

シロが、イザベルを手にかけたこと。

その時の、シロの尋常ならざる様子。

シロの面倒を見るのも、自分の任務。

「知ってるさ。ただ、ミミに話すべきか、迷ってる」

「話してください」

ニイニの言い方も相まって、何か悪いことが起こっているのではないか、と確信めいたものを感じた。

「連日、依頼が入っている。家族、友人が何者かに殺されたって人が、後を絶たないんだ。調べると、同一犯によるものだった。被害者の特徴は、ある宗教に入っている、または過去に入っていた者」

ミミの頭の中で、仮説が組み立てられていった。

だからシロは、イザベルを殺したのか。

「犯人はシロ、ですね」

「ああ。裏を取るのに苦労したよ。あれだけ証拠を隠されちゃあ、警察もお手上げだよね」

「ニイニ。それらの依頼、私に受けさせてもらえませんか」

「いいのか？　自分のことで大変なんじゃない？」

「これは、私がやらなきゃいけないことなんです」

自分を慕い、教えを継ごうとしてくれた。

だからこそ。

「ミミならそう言うと思ったよ。教えなかったらきっと怒ってたよね。まだシロの居場所、突き止められてないんだ。協力して捜そう。もし見つかったら、二人がかりで――」

「できれば、私一人でやりたいです」

過去、アルクが単身で自分を追ってきた理由が、分かった気がした。

これは、私の使命。私だけで、遂行しなければならない。

「分かった。ミミなら逆に殺される、なんてことはないと思うけど、念のため控えておく」

「了解。早速動きましょう」

まだ、心の整理はできていないけれど。

シロに罪を重ねさせたくない。

今はその想いだけで、動くことができた。

第五章 ―― 大量殺人犯の少女 ――

DAY1

「一週間後、あなたを殺します」

「やっぱり見つかっちゃったね。さっすがミミ先輩」

ミミがそこに到着した時にはもう、屍の山が築かれていた。

街はずれにある、大きな教会。

建物周辺の寂《さび》れ具合とは正反対の、豪奢な造り。

美しい内装や調度品は、今や見る影もない。

なぜなら、教会内のどこもかしこも、血で汚れていたから。

シロは、この教会の中で最も神聖な場所であろう、祭壇、そこに鎮座している女神像の頭の上に立ち、死体の山を見下ろしていた。

月の光がステンドグラスを通り、白くて黒いシロの姿をカラフルに彩《いろど》る。

「何人、殺したのですか？」

「わかんない。特定し次第、殺しに行ってたから」

シロは軽《かろ》やかな身のこなしで、ミミの目の前に降り立った。

「なぜ、こんなことを」

シロは、愁《うれ》いを帯びた瞳《ひとみ》で微笑む。

「ルシルとおんなじこと、しちゃった」

「それはつまり――」

シロは、額から流れ落ち、目に入りそうになった返り血を指で拭った。

「血、落としてくるね」

そう言い残し、シロは水場の方へ走っていく。

ミミは、立ちこめる血のにおいに、眉《まゆ》をひそめた。

任務では、ターゲット一人のみを処理することがほとんど。

一度にこれほどまでに多くの死体を見ることは、今までなかった。

これを、シロが一人でやったのだ。

ここまでの行動に至る背景に、シロのどんな想《おも》いがあったのか。

それを、知らなければならない。

「おまたせ！　そういえば、ニイニは来なかったの？　こんなことやらかしたんだから、二人がかりで来ると思ったのに」

血を落としたシロは、ミミのもとへ駆け足で近づいた。

「あなたが殺した人間の近親者たちからの依頼が殺到しました。普段通りの任務と同じです。私が実働班、ニイニが裏方として動きます。ニイニはこの一週間、警察の捜査を妨害してくれるでしょう」

「そうなんだー。あたしより強いミミ先輩なら一人で問題ない、って判断したんだね。じゃあ、この一週間、ミミ先輩と二人きりだ」

これまでのシロだったら、そのことに喜んで抱き着いてきただろう。

今のシロは、どこか哀しそうにはにかんでいるだけ。

これまでの任務を通して、シロは変わった。

変わった上で、罪を犯した。

「……早くこの場から離れましょう。もうすぐニイニが到着し、あなたや私の痕跡を消してくれるとは思いますが、こちらの国の警察はそこそこ優秀なので、それでも私たちの足取りを掴んでくるかもしれません」

「だよねぇ。派手にやっちゃったからなぁ」

「なので、キイリング王国に移動します。あの国は私たちの庭みたいなもの。組織のサポートも受けられますし、こちらの警察もキイリング王国だと手が出しづらいでしょう」

「それはいいね。あたしもこっちの国より、あっちの国の方が詳しいし」

「では早速、飛空便の手配を」

「今日は移動だけで終わっちゃいそうだね」

「道中、おしゃべりしましょう。シロのこと、たくさん教えてください」

ミミがそう言ってくれたことが嬉《うれ》しかったのか、シロは純真な笑みを浮かべた。

「うん！　おしゃべりしよっ！」

教会を去った二人は、道すがら、幾度も会話を交わした。

「シロが好きな食べ物はなんですか？」

「ガーリックトーストとフレンチトースト！」

「パン系が好きなんですね。小さい頃、何が好きでしたか？」

「んーと、パパとママと一緒にいた頃は、星を眺めることかなぁ。二人ともいつも仕事が忙しくて、夜くらいしかプライベートの時間がなかったから。パパかママの膝《ひざ》の上で夜空を見上げながら、お菓子を食べる時間が好きだった！」

「逆に、嫌だったことはありましたか？」

「ミミ先輩がニイニにべったりだったこと」

「念のために訊きますが、それはなぜ？」

「あたしだってミミ先輩と遊びたかった！　一緒にご飯食べたり、訓練したりしたかった！」

「なるほど」

「なるほどですませないで！」

そんな具合に延々と、飛空便を利用するまで、他愛のない話をし続けたのだった。

DAY2

「まああたしたちなら、入国くらい余裕だよねー」

「それくらいできなければ組織員は務まりません」

二人は違法に入出国しているため、通常より早く二国間を行き来できた。

獣道を通ったり、外れたり、街道に出たかと思ったらまた森の中に入っていく。

行き先は決めていなかったはずだが、シロの足取りから、明確に行きたい場所があることが伝わってきた。

「ミミ先輩ってさ、ターゲットに話しかけるタイミングが絶妙だよね。今だって、あたしに何の話題を振るか、いつ核心に迫ろうか、心理的な間合いを測ってる」

鼻唄まじりに、シロはそんなことを言う。

白く、長い髪を、フードから出して、なびかせながら。

ミミは、ターゲットが、自分の尻尾《しっぽ》みたいな紐《ひも》に目をとられたり、触りたくなったりする気持ちが分かった気がした。

「ちゃんと研修に臨んでいたようですね。その通りです。シロに関しては、もう直接訊いた方がいいかもしれませんね」

「言わなきゃ良かったかー。もっとミミ先輩と楽しくおしゃべりしたかったなぁ」

悔しがるシロを横目に、ミミは本題に入る。

「イザベルさんがシロの頬《ほお》にある十字架型のアザを見た時、教祖、と言ったんです。シロが殺し回っていたのも全《すべ》て、かの邪教の関係者。ある程度推測はできますが、シロの口から正しい情報を訊きたいです」

シロは頬の十字架型のアザを撫でながら、世間話でもするかのように和やかに話しはじめた。

「このアザ、代々続いている遺伝性のものなんだって。不思議な形してるよねぇ。正確には教祖じゃなくて、次期教祖、だね。両親が教祖やってたんだー。結構人気あったらしいね。あたしは幼かったから、よく分かってなかった。どんな宗教か調べたのは、組織で育ってから。巷では邪教って呼ばれてるけど、そりゃそうだよねって感じ。脅迫、恐喝は当たり前。洗脳は基本。教義に反した者は殺す。そうやって恐怖で信徒たちを縛り付けてた。もちろん中には、どっぷり教義に浸かって幸せそうにしてた人もいたけどね」

身の上を語りながら、森の中を淀みない足取りで進んでいく。

シロが会話を続けるより前に、小さな教会へと辿《たど》り着いた。

人の気配がする。覗《のぞ》いてみると、女神像に向かって、神父と思われる人と、数人の若者が祈りを捧げていた。

シロは堂々と正面入り口から中に入っていく。

そんなシロに気付いた神父は、恐怖で身体を強張らせた。

「あ、あなた様は！」

「久しぶりー。何年ぶりかな？　元気してた？」

「に、逃げて！」

神父は、気さくに話しかけてきたシロから目を離さず、信徒たちにこの場を離れるよう指示する。

「そんなに怯《おび》えないで。あなたは、あの裏切りに参加してないでしょ？　ちゃんと分かってるから」

「お、お許しを、お許しを！」

信徒たちを裏口へ追い立てつつ、自身も後ずさりしながら、シロから距離を取っていく。

「あたし、怒ってないよ？　本当だよ？　ただお礼を言いたくて。この教会を綺麗《きれい》に使ってくれて、ありがとう、って」

「お許しをおおおお！」

神父は、シロの言葉などまるで耳に入っていないかのように、口から泡を吹きながら許しを請う。そのまま最後までシロから目を離さず、教会から出て行った。

「あたし、本心から言ってたんだけど、まあこうなっちゃうよね〜。あたしたちがやってきたこと考えたら当然かぁ」

シロはゆっくり歩を進め、女神像の前に立ち、見上げる。

「あの神父の怯えようは普通じゃありませんでした」

「きっと、両親を守れなかったことを、あたしが責めると思ったんだろうね～。あたしさ、あの宗教の中で、幼いながらに大事な役割を担ってたから、あんなに怯えてたんだと思う」

「大事な役割とは？」

「処刑人。裏切り者たちを殺す役割。あたし、言葉を話すより前に、元信徒たちを殺してたんだって。もちろん最初は、両親が手を添えて。ある程度育ってきてからは、両親の手を借りずに殺してた。外の世界に出てから、それが異常なことだって知ったんだ～。当時はそれが日常だったから、ビックリした。ま、今でも、人を殺すことが普通って感覚は抜けてないけど」

シロは振り返らず、淡々とそう言った。

壮絶な過去に、ミミは言葉が出なかったものの、それを聞いて合点がいった。

シロのアンバランスな倫理観。それは、生まれた環境によって形成されたのだ。

相槌すら打たないミミのことを気にせず、シロは、信徒たちと同じように女神像の前で祈りを捧げた。

何を祈っているのか。

ミミには全く分からなかった。

夕日が教会内を染め上げる頃、ようやくシロは振り返った。

「どうせもう信徒たち戻ってこないし、ここで夜を明かそうよ。ほぼ徹夜で移動してきたから、もう眠くて眠くて」

「賛成です。そうしましょうか」

二人は、神父や信徒たちが寝泊まりしていたであろう寝室を見つけ、そこにあったベッドに身を横たえる。

いつもだったら一緒に寝ようとしてくるのに、シロは大人しく隣のベッドで寝息を立て始めた。ミミは探知魔法をかけてから、シロと同じように目を閉じる。

夜中に聞こえた、「パパ、ママ」という涙まじりの声を、ミミは聞かなかったことにした。

DAY3

いつもより長めの睡眠をとった二人は、教会に備蓄してあった食料を使って朝食を作った。

教会内はよく掃除されていて、埃《ほこり》っぽさは微塵も感じられない。

シロが大量殺人を行った、あの豪奢な教会とは対照的に質素な佇《たたず》まい。

ミミはこの教会を好ましく思った。素朴さは他者を受け入れる。人に安心感を与える。

「ここは、前に見た教会とは違いますね」

ミミはパンをかじりながら、年季の入った木製のテーブルを見つめた。

「そうだね〜。裏切りのせいで、宗派が分かれたから。こっちは両親派の人たちが作った方」

シロは干し肉を荒々しく嚙み千切りながら、窓の外へ目を向けた。

「ここに来たのは、昨日の神父に会うためですか?」

「んーん。あたし、信徒たちには一切《いっさい》関心がないから違うよ。ここね、両親が亡くなった場所なの。この教会の下に、両親は埋まってる。教会自体がお墓みたいなものなんだ～」

「両親に、会いに来たのですね」

ミミが呟くようにそう言うと、シロは目を伏せた。

「そう。お墓参り。ミミ先輩と殺し合いになったら、死ぬ可能性の方が高いから、最後に挨拶《あいさつ》しておこうと思って」

「…………」

途端に黙り込んだミミを見て、シロはいたずらっ子のような無邪気な笑い声を上げた。

「もう、ミミ先輩ってば！　そんな悲しそうな顔しないでよぅ。ミミ先輩は自分の仕事をしてるだけなんだから、そんなに責任感じる必要ないんだってば。よくそんなので殺し屋続けられるね～。本当、ミミ先輩、変わっちゃった。施設を卒業する前は、あんなに冷たくて、カッコ良かったのに。感情を殺す能力も抜群だったのに。何だっけ、ルースって子との出会いでそうなっちゃったんだっけ?」

「はい。ニイニが、きっかけをくれました」

「あたしにとっての、ミミ先輩みたいな感じだね」

「私はそんなに、シロに何かを与えられたのでしょうか」

「な〜に当たり前のこと言ってるの。ミミ先輩のおかげで、ミミ先輩のせいで、ちょっとずつ『人』が分かってきて、色々気付いちゃって、心とか考えとかぐちゃぐちゃになっちゃったんだよ」

「それは、シロにとって、良いことだったんですか？」

ミミは、答え次第によっては、これから数日の接し方を変えようと思っていた。

変わることで幸せになれる者と、そうでない者がいる。

「ミミ先輩にとって、あたしはターゲット。これまでと同じだってば。知ることで、変わることで、罪とか、心残りとかに向き合える。苦しいけど、良いことだってことは分かってるから、心配しないで。お願いだから、ミミ先輩がこれまでターゲットたちにそうしてきたように、最期まであたしに寄り添って？」

シロはかがんで、下からミミを見上げるように目を合わせた。

「分かりました。約束します」

シロは、銀色に光る瞳を細めた。


先に朝食を食べ終わったシロは、一人で祭壇へ向かった。

シロより食事に時間をかけたミミは、食器を片付けてから合流。

気配を殺してドアを開けると、昨日と同じようにシロは祈りを捧げていた。

今なら分かる。あれは神に祈っていたわけではなく、両親のことを想っているのだと。

シスターが着ているような、修道服チックな改造任務服。

その無垢《むく》な横顔も相まって、まるで聖女のように見える。

昨日と同じく、長い時間、目を閉じていたシロが動き出したのは、昼になる少し前のことだった。

「これでお別れは済んだかな～。たくさん、思い出の中のパパとママとおしゃべりしてきた。目的達成！　じゃあ行こっか」

シロはあっさりと女神像に背を向け、未練などまるで感じさせない足取りで出口へ。

「シロは、両親ともども事故に遭ったと言っていましたよね。イザベルさんの発言によると、反教祖派が、事故に見せかけてあなたたち一家を殺そうとし、シロだけ生き残った」

シロは足を止め、扉の前で振り返った。

「うん。合ってる。あれかな、ミミ先輩はあたしがやった大量殺人の動機を知りたいんだよね。分かり切ってるだろうけど、一応話すね。イザベルのおかげで、はじめてあれが事故じゃなかったって知ったの。両親を死に追いやった人たちがいるって知って、許せないって気持ちが湧《わ》き上がった。復讐は悪いことだって分かってたけど……分かってたけど、我慢できなかった。気持ちを抑えることができなかった。だから、あの事故に関《かか》わってた信徒たちを全員殺した。

ただの復讐。両親の仇討ち。これでいい？」

「――はい。話していただき、ありがとうございます」

「イザベルと関わらなかったら、一生その事実に気付けなかったかもしれない。知らないまま死んだら、あたし、絶対後悔してた」

その気持ちは、ミミにも理解できた。

自分の両親のことを、知らないままだったら、それはそれで苦しまずに済んだのかもしれない。でも、知らないままだったら、心のどこかに、自分の両親はどんな人なのか気になったまま、一生を終えることになっていた。

両親のことを、想うこともできなかった。

「シロは、ご両親のことを、愛していたんですね」

笑みを浮かべながら、「そうだよ！」と言うシロを想像していた。

現実は違った。

シロは、痛みを耐えるような表情をしていた。

「そう、だね。あたしは両親のことが好きだった。だから、ルシルと同じように、復讐を――」

途中で言葉を切ったシロは、おもむろにチャペルチェアの一つに腰かけ、サバイバルナイフを抜いた。

既にピカピカに磨き上げられているそれに、シロは布を滑らせる。

真剣な眼差《まなざ》しで、一心不乱に磨くシロを見て、何かの儀式みたいだと、ミミは感じた。

何十分か経《た》った後、唐突に磨く手を止めたシロは、サバイバルナイフを鞘におさめる。

立ち上がり、ミミの横を通り抜け、外へと続く扉を開けた。

シロはくるっと大げさに振り向いて、ミミを指さす。さっきまでの表情は消え、そこにはいつも通りの無邪気なシロの姿がある。

「ミミ先輩もしようよ。お墓参り！」

ＤＡＹ４

「シロ、なぜ私のお墓参りを提案したんですか？　今は、私が殺し屋で、あなたがターゲットなんですよ。私のことは気にせず、あなたのしたいことを優先してください」

深夜〇時過ぎ。闇夜《やみよ》を駆ける二人を、何人たりとも捉《とら》えることはできないだろう。

「これが、あたしのしたいことなんだよ。ミミ先輩が両親のことを知ったら、何を考えて、何を想うのか知りたくて」

「どうしてそんなことを知りたいのです？」

「それは、ミミ先輩のお墓参りが終わってから！　ミミ先輩の、両親への気持ちを聞いてから、話したい」

「分かりました。シロがそう望むのなら。ところで、なぜ組織の本部に向かっているのです」

「だから、お墓参りだよ」

「でも、進んでるのは洞窟の方向じゃありませんよね」

「あ、そっち？　アルクが亡くなったのってまだ最近でしょ？　お墓参りには早いよ～。あたしが言ってるのはお母さん、ネモの方だよ」

すっかりアルクのもとに向かうと思い込んでいたミミは、一瞬足が止まりかけた。

父親殺しの罪とどう向き合うか、ずっと考えていた。

心の準備をしようとしていたところだったのに、シロの言葉であっけなく崩れ去った。

「まさか、ネモのお墓の場所は……」

「組織の本部。あたしたち組織員は、本部の中を探索することが禁止されてるけど、バレなきゃ問題なし！　ミミ先輩の両親について調べてた時に突き止めたんだよね。ネモのお墓の場所。デュオは本部に出入りすることが多いから、そうしたんだろうね～」

ネモは組織の創設者。ふさわしい場所なのかもしれない。

ミミは、ネモの記憶が一切ない。

お墓を前にして、どんな感情が湧くのか、どんな気持ちで臨めばいいのか、ミミには想像がつかなかった。

深夜二時。シロを先頭に、どんどん地下へと潜っていく。

二人は高度な暗視魔法を使えるため、灯り一つない暗闇《くらやみ》の中でも、昼間のように周囲がよく見える。

本部の地下階層が、こんなにも深かったなんて。

ミミは周囲を観察しながら、シロに付いていく。

それぞれの階層に役割があるようで、毒物の製造、暗器の開発、魔法実験等を行っている様子が見受けられた。

「最下層、8階にとうちゃーく！　この階には、組織立ち上げの時には使ってたけど、今はもうお役御免の備品とかがしまわれてるっぽい。創設メンバーにとっての思い出の場所ってとこだねー」

ミミはそれらの情報がいまいち頭に入ってこなかった。

ネモが血の繋《つな》がった家族であることは間違いない。

でも、関わりが一切なければ、それは他人と同じではないか。

なら、お墓を前にしても、何の感情も抱かないかもしれない。

生んでもらった恩。そういう類いの感情を、自分は感じ取れるのだろうか。

生まれてきて良かったとか、悪かったとか、全く考えたことがない。

ただ、殺し屋として、生きて、殺してきただけ。

ミミは、自分が緊張していることに気が付いた。

思考の海に潜ることで、気を紛らわせていた。

「ほら、そこの部屋だよ～。鍵《かぎ》はあたしが壊しておいたから、すぐ入れるはず。ミミ先輩、お先にどうぞ～」

シロに促されても、ミミはドアの前から動けなかった。

いつも通り、感情に蓋をして、ただ身体を動かせば、すぐに終わる。

もちろんそんなことはしない。

今は、心が、感情こそが、必要。

そうか。人は、こんなにも感情に振り回され、行動に表れるものなのか。

ミミは、自身の揃《そろ》ったつま先を見下ろす。

「もう！　ミミ先輩、どうしたの！　らしくないよ！　全くもう仕方ないなぁ！　もし姉妹になれたら、あたしがお姉ちゃんの方がいいんじゃない？」

シロはミミの後ろから手を伸ばして、ドアノブを回してドアを開け、ミミの背中を押した。

ミミは抵抗せず、シロに押されるまま、室内に足を踏み入れた。

「年齢的にはシロが姉で合ってます」

シロのおかげで緊張の糸が切れたミミは、冷静にそう指摘する。

「やっぱりそれはやだ！　さっき言ったのナシ！　あたしが妹なのは譲れないもん！」

シロもミミに続いてするりと入室し、部屋の角にある小さなイスに腰かけた。

そこは、奇妙な部屋だった。

部屋の真ん中には墓標がある。ネモの名が刻まれていた。

問題はそれ以外。場違いな日用品が、そこらじゅうに転がっている。

ただの水筒や食器、使い込まれた武器類、服、オペラグラス等々。

壁には、猫をはじめとする様々な動物の絵がかけられていた。

その中でも特に目を惹《ひ》くのが、一番墓標に近いところに置いてある、ベビー用品たちだ。

ベビーカー、ガラガラ、手製のものと思われるオムツ、哺乳瓶《びん》、カラフルな絵本……。

ミミは、それらの前で立ちつくす。

最初、真っ先に墓標が目に入った時は、何も思わなかった。

それはただの文字だった。

知っているのは名前と、アルクとデュオから聞いた昔話だけ。

ミミはガラガラを手に取り、振ってみた。

赤子をあやすための音が鳴る。

ミミの頭の中で、想像が広がっていく。

ネモはきっと、これを、私の前で、振りたかったんだろう。

それで泣き止《や》んだり、笑顔になる私を見て、きっと微笑んでいただろう。

それを近くで見ていたアルクは、私との距離感が分からずに動けないでいたはずだ。

ネモはそんなアルクに目を細めて、私との接し方を教えるのだろう。

最初はきっとアルクも私もお互いに戸惑うものの、ちょっとしたら慣れてくるのだろう。

ようやく私が笑い声を上げた時、アルクは強張った顔を緩ませて、ほんの少しだけ、口角を上げるだろう。

そんな未来も、あったかもしれない。

ミミは、ガラガラ以外のベビー用品にも触れていく。

そのどれもが、潰えた未来を想起させる。

そのどれもが、ミミを育てるためのもの。

そのどれもが、ミミを幸せにしたいという気持ちが込められたもの。

ネモの想いが、時を超えて、ミミに届く。


これが、親から子へ向けられる、無償の愛なんだ。


ミミは、もう一度、ガラガラを振った。何度も何度も振った。

振るたびに、ネモとアルクとの未来を、思い浮かべた。

「ミミ先輩、そのままじゃ汚れちゃうよ」

ガラガラを振らなくなったミミの横から、シロがハンカチを持った手を突き出してきた。

まだ動こうとしないミミを見たシロは、ハンカチで、ガラガラに落ちた透明の雫を拭き取っていく。

拭いても拭いても、雫は降ってくる。

雫の雨がやんだ頃、シロのハンカチは、ガラガラから離れ、ミミの目元にあてられた。

そんな二人の背後に、一人の人物が現れる。

「誰《だれ》!?」

反応の鈍いミミより先に、シロが警戒態勢をとる。だがそれは、すぐに解かれた。

「オレだ。ったく、こんな夜中に誰かと思えば、お前たちか」

鈍い色のブロンドヘアーをなでつけながら、白衣の男、デュオがゆっくりと歩いてくる。

「なんだ、デュオか。よく分かったね、あたしたちがここに侵入したこと。探知魔法の類いは以前解除したままになってたし、新たな魔法がかけられた痕跡もなかったはずなんだけどな～」

「ずっと情報班のトップをはってたんだ。舐《な》めるなよ。魔法石と、古典的な方法を掛け合わせた、オレとっておきの探知装置を使ってんだ」

デュオは泣き止んだミミから目を逸らし、壁にかけられている猫の絵を見やる。

シロも視線につられて絵を眺めた。

「かわいい猫ちゃんだよね～。ネモって猫が好きだったの？」

「ああ。動物全般が好きだったが、特に猫がな。子どもが生まれたら、猫につけても違和感がない名前を付けたいって、よく言ってたよ」

普段のどこか軽い声ではなく、深みを帯びた声で、デュオはそう言った。

「それ、叶《かな》ってるよね！　もしかして狙《ねら》ってたの？」

「いや、偶然だよ。――明日、いや、もう日付的には今日か。ちょいと仕事が立て込んでてな。お前たちとの時間を作るためにも、あらゆる手を使って仕事を終わらせるから、今日は本部で自由に過ごしておいてくれ。お前たちが本部に滞在することはオレの方から組織員たちに通達しておく。それじゃあな」

デュオは頑《かたく》なに、絵以外を目に入れないようにしながら、その場を去った。

ＤＡＹ５

「デュオ〜。徹夜明けでごめんなんだけど、早くミミ先輩連れてきてよ〜。あたしじゃミミ先輩、反応してくれないんだよぅ」

本部の執務室。立派な机に突っ伏して、今まさに寝息を立てようとしていたデュオの肩を、シロは激しく揺らす。

「勘弁してくれ。オレももう若い頃と同じようにはいかないんだ」

「そんなんじゃ任務こなせないよ！」

「だから一線から退いてんだよ」

「もう！　あの部屋に行きたくないだけでしょ！」

そう言われたデュオは、のったりと緩慢な動きで、顔を上げた。

「あぁ～やだやだ。これだから情報班の人間は。すぐにそういうの察するんだからよぉ。分かったよ、行くよ」

デュオは強壮剤を口に含んでから、執務室を出た。

シロは、だるそうに歩くデュオを、地下最深部に追い立てる。

昨日の夜中に、ネモの墓がある部屋に入ってから、ミミは一歩も外に出ていなかった。

二人連れ立って部屋に入る。ミミは床にぺたんと女の子座りをしながら、壁にかけてある猫の絵を眺めていた。

「ミミ先輩～。迎えに来ましたよ～。朝ご飯食べようよぅ」

ミミはシロの呼びかけに反応せず、隣の絵に視線を移す。

「コードネーム33。手紙にも書いたが、お前には話さなきゃいけないことがある。そのために数日間分の仕事を終わらせてきた。まず食堂に行くぞ」

デュオの声を聞き、ようやくミミは一人の世界から帰ってきた。

「分かりました。聞かせてください。私の、両親のことを」

デュオとシロを置いてさっさと出て行ったミミの後を、シロは急いで追う。


デュオは、空っぽになった部屋を直視した。

この部屋に墓をたて、遺品を置きにきてから、昨日まで、ただの一度も訪れなかった。

部屋の手入れすら、部下に任せていた。

「ごめんな、姉さん。顔合わせるの、気まずかったんだよ。こんな歳《とし》にもなって、情けないよな。姪のおかげで、こうやって、ここに……」

デュオは墓標の前まで進み、周囲に置かれた遺品たちをじっくり見つめた後、墓標に刻まれている名前に向き合う。

「姉さん、あの子が、アルクをそっちに送ったよ。オレたち殺し屋はどうせ地獄行き。だから、会えたんだろ？　オレも早く、会いに行きたいよ。この後、全てをあの子に話すんだ。上手《うま》く話せるかな、オレ」

その不安げな瞳は、幼かった頃、姉にしか見せないものだった。

デュオにとってこの部屋に入ることは、自身の罪に向き合うことと同義だった。

姉を守れなかった。

アルクとともに、ミミを育てなかった。

殺し屋として強くするために、ミミの身体にメスを入れた。

ミミに、アルクを殺させた。

そんなこと、報告できるわけがない。だから、ずっと逃げてきた。

しかし、墓を前にして、デュオは素直に話すことができた。

在りし日のネモが浮かぶ。

姉弟で支え合って過ごした幼少期。いつも守ってくれた姉。

なあ、姉さん——。

デュオはしばらくそうやって、墓標に語りかけ続けた。


部屋の整理をしていて遅くなったと言い訳しながら、ミミとシロに合流したデュオは、急いでご飯をかきこんだ。

朝食をとった三人は、連れ立って執務室へ向かう。

かつてはボスだったアルクの部屋。今は、ボス代理のデュオの部屋になっている。

「コードネーム33。あのレコード、持ってきたか」

「ええ。もちろん。約束しましたから。帰ってくるとき、忘れないように持ってくると」

ミミはマントの中から、古びたレコードを引っ張り出した。

「今日は好きなだけ聴くといい。お前の母親が好きだった曲だ。生まれる前のお前にも、よく聴かせていた」

ネモが、大きくなったお腹《なか》を撫でながら、レコードをかけているイメージが、ミミの頭に浮かんだ。

以前、デュオの病院で聴いた時、なぜか安心感が湧いた。

その理由が、分かった。

レコードを魔石蓄音機にセットし、曲を流す。

デュオは執務室の奥、大きなイスに、深く腰かけた。

ミミは入り口近くのソファに、シロと並んで座る。

しばらく、ミミとデュオは、音楽に耳を傾けた。シロは目を閉じて聴き入るミミの横顔を、ニコニコ笑いながら見つめている。

「さて、何から話したもんか」

曲が終わってすぐ、デュオが口火を切った。

「私が持っている情報は、アルクとネモが夫婦で、その子どもが私。ネモとデュオが姉弟関係であること。それのみです」

「そうか。まあ、その通りだ。お前から見たら、オレは叔父ということになる。叔父らしいことは、何もしてやれなかったが」

「そんなことは、ない、と思います。幼い頃から、何かと気にかけてくれました」

「それは、一種の罪滅ぼしみたいなものだ。お前を自ら育てなかったことへの」

そこでミミは、今更のように気付いた。

「なぜアルクは、デュオは、私を育てることを、放棄したんですか?」

デュオは、痛みを感じた時のように、目を強くつぶった。

「お前は、本部襲撃の日に、生まれたんだ。死にかけのネモから頼まれて、オレが取り上げた。何としてでも、赤子だけでも生かさなきゃ、って必死だった。その後のことは知ってるな? アルクは、ネモを喪った悲しみに、耐えられなかった。子どもを、育てる気力も余裕もなかった。組織の立て直しでアルクもオレも、お前の面倒を見てやれなかった。言い訳だってことは分かってる。いくらでも、責めてくれ」

「いや、責めたいのではありません。私のことが嫌いだったから、育てなかったのかなと、思っただけで。私を身籠《みご》もらなければ、ネモは万全な状態で戦ったり、逃げたりできたんじゃないかなって」

デュオは思わず、机に手をついて立ち上がった。

「決してそれはない! アルクは、自分に子どもが育てられるだろうかって不安がってたが、それでもその不安以上に、お前が生まれてくることを楽しみにしてたし、オレだって、姉さんの子なんだから、思いっきりかわいがってやろう、って、そう、思ってて……」

デュオは崩れたブロンドヘアをなでつけながら、再びイスに座る。

「それが聞けて、良かったです。私は、望まれていたのですね」

「ああそうだ！　姉さ、ネモが亡くならなければ、みんな、幸せに暮らせていた」

ミミはもう一つ、気になっていたことを口に出した。

「アルクは、私を、実の娘と知っていながら、殺そうとしたのですか？」

デュオは、すぐに答えなかった。まだ吸えるだけの長さは残っているのに、煙草を灰皿に押し付けて、新しいものを取り出す。

迷っていた。どこまで話すべきか。

デュオはちらりとミミを盗み見る。

ミミは、普段通りの無表情で、真《ま》っすぐ、濁りない眼で、見返してきた。

きっと、何を言うか迷っていることに、気付かれている。

全て正直に話すしかない。

「あいつの死に顔、穏やかだった。満ち足りた表情だった。あいつは、死にたがっていたんだ。ネモがいない世界から、解放されたがっていた。でも、きっと、一人じゃ死ねなかった。最後に、コードネーム33、お前に頼ったんだよ。だからあいつは部下を引き連れず一人で追ってきた。あのバカは、実の娘に殺されることを望んでいたんだ」

これまでの認識が反転し、ミミは頭を押さえた。

アルクが、自分に特に厳しかったのは、組織の戦力増強という目的だけじゃなく、心中では憎からず想っていたから？

自分がアルクを殺すことで、アルクは幸せになれた。

そんなことって。

「私は、それを、どうやって呑《の》み込《こ》めばいいのか分かりません。アルクの真意は分からない。デュオの妄想かもしれない。私が、実の父親を殺した罪は、消えません。自分の意思で、アルクを殺すと決めたんです。背負うと決めたんです。そんな、今さら言われたって、私は、どうしたら、いいのか」

頭を下げ、うなだれるミミを見て、デュオは努めて優しい声で、言葉を投げかける。

「死んだ人間の真意は、誰にも分からない。だからこそオレは、今、生きている人間が、勝手に解釈するべきだと思ってる。それが生きている人間の特権だ。もっと自分勝手になっていいんだ。自分の心を楽にするために、都合よく妄想しておけばいいんだ」

デュオは半ば、自分自身にそう語りかけていた。

ミミは思わず、その言葉に身を委《ゆだ》ねたくなったが、何かがそれを押しとどめる。

これまで自分が殺してきた、ターゲットたちだ。

彼ら彼女らの中には、苦しくても、辛《つら》くても、逃げたくても、罪を見つめ続けた人がいた。

最初からそうしていた人もいれば、最期の最期に向き合えた人もいた。

自分自身、罪に向き合うよう、今まで何度も、何度も仕向けてきた。

そんな自分が楽になろうだなんて、許されるはずがない。

許したくない。

「普通の人は、そうするべきでしょう。私は、殺し屋です。変わりものの殺し屋です。そうするべきではありません」

誰かが自分のことを殺しにくるその日まで、罪を認識し、考え続ける。

簡単なことだった。今までと同じだった。

アルクを殺すと決めたのは自分。

アルクが父親だと判明したところで、それは変わらない。

洞窟で、もしアルクが父親だと知っていたなら、自分は殺すのをやめていただろうか。

否。

アルクは罪人だ。父親でも、罪人だ。

そこで殺すのをやめたら、これまでのターゲットたちに申し訳が立たない。

知っていても、いなくても、結果は変わらなかった。

実の父親を、家族を殺した罪。それは、仕事でターゲットを殺す罪と何ら変わらない。

「いつか心が壊れるぞ。仕事と割り切れ。どうせこの世に正義なんてものはないんだから、考えすぎるな」

ミミは、ほんの少しだけ口角を上げた。

「デュオは大人ですね。断言しますが、私は一生、そういう風には生きられないでしょう。それに、壊れるような立派な心など、私は持ち合わせていません。ちゃんとした形をもった心だから、壊れるんです。私の曖昧な心なんて、壊れることすらできない。だから安心してください。これからも私は、変わらないままです」

デュオは、これから言おうとした言葉を全て呑み込んだ。

ミミをこういう風にしてしまったのは、組織の教育のせい。

殺し屋として育てた自分のせい。

「そうか。そうだな。自分の信念に従って生きる。それが幸せかもしれないな」

デュオは長い時間をかけて、煙を吐き出した。

二回目のレコードをかけた後、どこかすっきりとした面持ちのミミが、隣にいたシロに、頭を下げた。

「申し訳ありませんシロ。ターゲットのあなたを放って、閉じこもってしまって。もう大丈夫です。あなたのやりたいことをしましょう」

シロは突然のことに驚きつつ、ミミの額を押し上げて目を合わせる。

「謝らないでよミミ先輩。言ったでしょ？　これがあたしのしたいことなの。ミミ先輩は、両親のことを知ったら、どう思うのか、知りたかった。教えてくれる？　ネモとアルクに対する、ミミ先輩の気持ち」

ミミは、シロと見つめ合ったまま、ゆっくりと言葉を吐き出していく。

「ネモに対しては、そうですね、感謝の気持ち、でしょうか。私を生んでくれて、ありがとう。愛をもって育てようとしてくれて、ありがとう。もし会えるのなら、そんな風に伝えるかもしれません」

「うん。それは、分かる。理解できる。昨日のミミ先輩、見てたから。一つ訊いていい？　ネモは、あたしたちの組織のボスだった。もし生きてたら、ミミ先輩に、殺し屋になるよう強要したかもしれない。それで殺し屋になって、苦しむことになって、普通の人生が送りたかったって思ったら、ミミ先輩は、ネモのこと、恨んだ？」

「それは……分かりません。全く想像ができないです。ネモがいなくても、私はこうして殺し屋として生きているわけですから」

「ごめん、ちょっと仮定が多すぎたね。それじゃあ、アルクについて聞かせて。父親としての、アルクのことを」

ミミは、胸に痛みを感じながらも、アルクについて考える。

アルクは自分にとって、師匠のようなものだった。

幼い頃から、戦闘技術を叩《たた》き込《こ》まれてきた。他の誰よりも厳しくされた。尊敬していた。

ボス案件のことを知ってからは、アルクをターゲットとして認識した。

殺し屋として完全無欠だと思っていたアルクも、弱さを抱えた一人の人間だった。

これが、父親だと知らなかった頃の認識だ。

ミミは意識せず、懐《ふところ》に入っている眼帯に手を当てる。

「お世辞にも、良い父親とは呼べません。ネモを喪った悲しみで私を放棄し、娘と知っていながら私を殺そうとしました。最期まで、自分が、私の父親であることを隠していました」

「じゃあ、ミミ先輩は、アルクのこと恨んでるの？　愛されていなかったって、そう感じる？」

「それは――」

普通に考えれば、ここは頷《うなず》くところだ。

大部分を見れば、最低な父親。誰が見たってそう思うはず。

これまでのミミだったら、即答していた。

「どうしたの？　まさか、違うなんて言わないよね？」

「――客観的に見れば、そうでしょう。私はアルクを恨むべきですし、愛されていなかったと感じるはずです」

シロは、ミミの両肩を摑んで、顔を近づけた。

「続き、聞かせて。そこから先が、多分、あたしが一番聞きたかったこと」

「フェリキタスを使い、過去の人格を宿したアルクに、怪我《けが》の治療をしてもらったんです。大事な眼帯をもらいました。ネモが生きていれば、優しい父親になっていたかもしれません」

「それは仮定の話だよね？」

「はい。現実のアルクは、私に厳しかったです。それはもしかして、私に死んでほしくなかったからなのかもしれません。殺し屋としての生き方しか知らなかったアルクは、その生き方の全てを、私に教えようとした。おかげで私は組織の中でも一、二を争う実力者になり、任務での死亡率は限りなく低くなりました」

「他には？」

「私をどこか遠くの国に捨てるのではなく、自分の組織に置いていたこと、でしょうか。きっと、何かしらの想いがあったんでしょう。情がひと欠片《かけら》もなければ、知らない土地に捨てていたでしょうから」

「まだある？」

「裏切り者である私を追ってきて、殺し合いになった時、もしかしたらアルクは手加減をしたのかもしれません。本来、私が勝てる相手ではありませんでしたから」

「それでそれで？」

「人間は多面的です。ほとんどの面が黒だったとしても、僅かに白い部分があれば、そこを見たい。私は、アルクのことを恨んではいません。全く愛されていなかったとも思いません。いえ、正確には、思いたい、でしょうか。きっと、アルクの中に、私に対する愛の欠片のようなものが、あった。私はそう信じたいです」

ミミは、眼帯を取り出して、胸にかき抱いた。

「ミミ先輩は、その愛の欠片のおかげで、アルクのことを愛せるってこと」

「許し？」

「いえ、この感情は、愛ではなく――許し、でしょうか」

「はい。私はきっと、アルクのことを、許したんだと思います。だから、恨まなかった」

「許す。そっか、許す、か」

シロは、天を仰《あお》いだ。

「ますます、分からなくなっちゃった。違うって、思ってたんだけどなぁ」

「何の話ですか？」

「こっちの話。これぱっかりは、自分で答えを出したいから」

「殺しの期限は変えませんよ。あと二日です。私で良ければ、いつでも相談に乗りますから」

「うん。ありがとう」

柔らかな沈黙が、二人を包みこんだ。

「あの、ちょっといいか？　殺しの期限って、どういうことだ？」

ミミとシロは顔を見合わせて、目を丸くした。

そういえば、デュオにはシロのことを何も話していなかった。

ミミは、デュオにこれまでの経緯を説明する。

シロの大量殺人。その犠牲者の遺族からの依頼を受けたこと。

デュオは分かりやすく頭を抱えた。

「コードネーム46を拾ったのはオレだ。経歴が洗えなかったから、てっきり孤児だと思った。まさか、そんな厄介な出自だったとは。コードネーム46はうちの組織員だが、そういう理由なら守る義理はない。なにより、ボスであるコードネーム33の決定だ。オレがとやかく言えるもんじゃない」

「そうだね。ミミ先輩が殺し屋、あたしがターゲット。それだけだよ。ミミ先輩があたしを殺す理由も、今なら分かる。分かるからといって、素直に殺されるわけじゃないけどね。あたし、まだ生きたいんだ。こんな人間でも、生きることはやめられない。だから最期は、ミミ先輩と殺し合うつもり」

デュオはまるで、シロをはじめて見るかのような目で見つめた。

「お前、変わったな。精神年齢が一気に上がった」

「だとしたら、ミミ先輩と、ターゲットたちのおかげだね」

シロは、腰に佩《は》いていたサバイバルナイフの鞘を撫でた。

ミミは改めて、シロに問う。

「時間はそんなにありません。さぁ、シロのやりたいことをやりましょう」

「今日はもういいよ。十分、もらった。その代わり、明日は朝からあたしに付き合ってもらうから！　ミミ先輩はもちろん、デュオも！」

「オレも⁉　なんでだ⁉」

デュオは煙草を取り落としそうになった。

「それは明日になってからのお楽しみ！　まあだからさ、せっかく今、こうやってデュオが時間作ってくれてるし、もっとミミ先輩が訊きたかったこと訊きなよ！　あるでしょ、もっとこまごまとしたものが」

話を振られたミミは、数秒、考える素振りを見せた。

「そうですね、あとは——」

その日は夜遅くまで、デュオから、若かりし頃のネモとアルクの話を聞いた。

ミミの母親であり、組織の創始者であり、アルクを人間にしたネモと。

人間だった頃のアルクの話を。

ＤＡＹ６

「今日は、あたしのしたいことをします！」

本部の食堂で朝食を摂り終わった後、シロは出し抜けにそう言った。

「昨日言ってましたね。もちろん、協力しますよ」

シロは舌なめずりしながら、ミミの両肩を力強く摑む。

「じゃあ、あたしのお姉ちゃんになって、ミミ先輩！」

「だからそれは無理だと何度も言いましたよね」

最近言わなくなってきたのに、またか、とミミは頭を抱えた。

そんなミミを見て、シロは頭を左右に振る。長くて白い髪がミミの顔に何度も当たった。

「違う違う！　家族ごっこしたいの！　せめて最後に！　ね？　いいでしょ？」

顔を傾げて、ミミに流し目を送る。

ふざけているわけではなさそうだったため、ミミは表情を変えないまま頷いた。

「分かりました。それがシロの望みなら」

シロは、ミミの肩にのせていた手を外し、ミミの右手を両手で摑んでスリスリ撫でる。

「やったーーーー！！！　ありがとー！　嬉しい！　早速お姉ちゃんって呼んでいい？」

ミミは、シロの手を振りほどきながら立ち上がった。

「もちろんいいですよ。今日一日は、そう呼ぶことを許可します」

「なんで手繫いじゃダメなのー！」

「接触は禁止です。お姉ちゃんの言うこと、守ってくださいね？」

手は振りほどかれたものの、口調、声音、仕草等が、どことなく普段より優しくて、シロは喜びを隠しきれず、小さくジャンプする。

「はーい！　守る！　守りまーす！」

シロは大きく手を上げながら、はち切れんばかりの笑顔になる。ミミはシロにバレないよう、顔を逸らしてからほんの少し口元を緩ませた。

会った頃の無邪気なシロが戻ってきたみたいだった。


「なんだお前ら、いきなりどうした」

執務室で新聞を読んでいたデュオに、二人して詰め寄る。

「デュオ！　あたしの、えーと、パパは嫌だから……そうだ！　叔父！　叔父さん役して！」

「そういうことです。今日一日だけでいいんです。よろしくお願いいたします」

「どういうことなんだ？」

ミミが淹れたコーヒーを三人で飲みながら、シロが家族ごっこをしたい旨を話した。

「よろしくね！　デュオ叔父さん！」

デュオは苦い顔をしながら、何度か頷く。

ミミはジッと、デュオを見つめた。

デュオはその視線を感じ、見返す。

ミミが何か言いたげだったため、デュオは静かに待った。

時計の秒針の動く音だけが、部屋に響く。

「——デュオは、私の、血の繋がった家族、なんですよね」

「まあ、そうなるな」

「本物の、叔父さん、ってことですよね」

「オレから見たらお前は姪だな」

「では、なぜ私のことをコードネームで呼ぶのですか？」

デュオは、目を逸らしたくなるのを、必死にこらえた。

しばらく沈黙を貫いた後、かすれた声でデュオは言う。

「呼ぶ資格が、ないと思ってたからだ。家族として、接してあげられなかった」

今度はミミが沈黙した。

またしても、秒針が動く音だけが耳に残る。

そこでシロが、とんとんと、指先で机を叩いた。

「あーもうじれったい！　時間がもったいないよ！　簡単なことなんだって！　今日はどうせデュオが叔父さん役なんだから、ミミ先輩はデュオ叔父さんとか、普通に叔父さんとか呼べばいいし、デュオも気軽に、ミミって呼べばいいんだってばぁ！　はい！　どうぞ！」

ミミとデュオは互いにそっぽを向きながら、小さく呟いた。

「今日は、よろしく、です、叔父さん」

「あ、ああ。よろしく、ミ、ミミ」

「こんなんじゃ先が思いやられるなぁ」

シロは呆《あき》れながら、微妙な距離感の二人にため息を吐いた。

「それで。家族って、どうやって過ごせばいいのですか？」

「さあ？　オレは姉さんしか知らないし、姉さんとも家族らしく過ごしてたかっていうと、違うしなぁ」

各々コーヒーを飲み干し、その間に変な空気が霧散したところで、ミミは疑問を口にした。

「しょうがないなぁ。あたしが家族っていうものを教えてあげる！　まずはみんなで一緒にサンドイッチ作って、それを持ってピクニックに行くの！」

シロの一声で、予定が決まる。

ミミは、シロがなぜそんなことを提案したのか、すぐに分かった。

ルシルだ。彼女が語った家族との過ごし方を、再現しようとしているのだ。

三人は食堂のキッチンスペースを借り、料理にとりかかる。

ミミもデュオも、それぞれ勝手に食材を取り出し、個々で調理しはじめた。

「こらー二人とも！　何やってんの⁉」

「調理ですが」

「オレは、自分のを作ろうかと。お前らスモークチキンとか好きじゃなさそうだし」

「ちが────う！　みんなで、何が好きかとか、嫌いとか話し合って、何のサンドイッチにするか決めて、手分けして作るの！」

シロにそう指摘され、二人はしゅんと肩を落とした。

「でも、それぞれが好きなことをして過ごす家族の形もあるかと」

「そうそう。自由は尊重されるべきなんじゃねぇかな」

「よそはよそ！　うちはうち！　あたしはターゲットなんだよ⁉　今日はあたしの指示に絶対服従なんだから！　分かった⁉」

「「はい」」

綺麗に揃った返事に、シロは満足げに頷いた。

その後、シロの言った通り、協力してサンドイッチを作り、外へ繰り出す。

「ロケーションは元情報班のあたしに任せて！　とっておきの場所があるから！」

バスケットを手に先導するシロの、跳ねるような足取りは、うさぎのように軽やかなものだった。

話し合いながら調理したことで、徐々に距離感が摑めてきたミミとデュオは、これまで体験したことのない家族の形に触れ、役に入り込んできた。

だからだろうか。楽しそうなシロを見て、ミミもデュオも同じように、気分が晴れやかなものになった。

つられたのだ。シロの明るい態度に、引っ張られた。

身近な人間が楽しいと、自分も楽しくなる。そういうことが本当にあるんだと、二人は実感する。

ミミは無意識にスキップ気味の歩き方になったし、デュオは取り出しかけた煙草をしまい直した。

そんな良い雰囲気のまま道中を進み、昼頃にシロの目的地に到着。

そこは、楽園のような場所だった。

青い空。白い雲。一面の花畑と、たわむれる多種多様な動物たち。

街全体を眼下にのぞむ丘。

川のせせらぎが、心地よく耳朶《じだ》を打つ。

「シロ、あなた、よくこんな場所、知ってましたね」

「えへへ。実は、結構前から見つけてて、ある程度整備したり、手を加えたりしてたんだよね。ここで、お姉ちゃんと過ごしたくて」

いつも素直に好意を伝えてくるシロだったが、この時だけはなぜか恥ずかしがっていた。案外、裏での努力を伝えるのは苦手なのかもしれない。

「お姉ちゃんのために、ありがとうね、シロ」

ミミはそんなシロのために、口調まで変え、背伸びして、シロの頭を撫でた。

シロはあまりの出来事に呆然《ぼうぜん》とし、身体が硬直。現実を受け入れた瞬間、んぅ～と目を強く閉じて噛《か》みしめ、万感の想いでミミを抱き締めようとした。

「お姉ちゃーーーーん！！！！」

「あ、それはダメです」

「なんでえええええ！」

じゃれ合っている二人を横目に、デュオはシートを敷いて昼食の準備を整えていく。

シートに腰をおろした三人は、作ってきたサンドイッチを手に取った。

シロの好きな、シャキシャキレタスとローストビーフ。

ミミの好きな、ホイップたっぷりフルーツミックス。

デュオの好きな、マスタードスモークチキン。

「お姉ちゃんのサンドイッチ、スイーツみたいだね！　甘い！　美味《おい》しい！」

「確かにミミのは、もはやお菓子の類いだな。おやつとしては悪くない。パンとホイップが合うな。舌触りが良い」

「叔父さんのサンドイッチ、マスタードが苦手かもと思ったのですが、そこまで辛くなくて食べやすいです」

それぞれのサンドイッチに感想を言いながら、ゆっくり味わって食べる。

ミミは、かなり心がゆるんでいることに気付いた。

この空間は、安らぎに満ちていた。

家族と過ごすって、こんなにも――。

「お姉ちゃん、食べ終わってるのに、なんでバスケットの中に手突っ込んでるの？」

「え？　あ、私としたことが。すみません。もう全員、食べ終わっていたんですね」

「変なの～」

「ミミお前、油断しすぎなんじゃないか？」

「叔父さんに言われたくありません。袖《そで》にホイップが付いたままです」

「なにっ！」

こんな何気ないやりとりさえ、大切なもののように思える。

ミミはこの瞬間だけ、自分が殺し屋だということを忘れていた。

そんなこと、今まで片時もなかった。


本部に戻ると、デュオに急な仕事が舞い込んだため、解散することになった。

「お前ら、この後はどうするんだ？」

「シロはどうしたいですか？」

「そうだねぇ、とりあえずヴィオス国に帰ろうかな」

「分かった。オレの方で飛空便の手配をしておく」

「ありがと！」

「じゃあ、ここでお別れだ。ミミ、前も言ったが、いつでも組織に戻れるようにしてあるからな。オレが死んだ暁には、この組織のこと、頼んだぞ」

今のミミになら、組織を継いでほしいというデュオの気持ちが分かる。

ネモが、私の母親が作った組織だから。

「分かりました。その時は、必ず」

「それが聞けて安心した。姉さんの遺品だが、好きに持っていってかまわない。本来、全てミミに渡すものだ」

「いえ、あの場所に置いたままでいいです。遺品は、レコードだけで十分です」

「そうか。ならいいんだが」

どこか名残惜しそうなデュオに、ミミはきっぱり告げた。

「それでは、また」

「おう。またな」

デュオは、あえてシロに何も言わないまま、背を向けて歩き始めた。

明日、ミミと殺し合うのだ。かけられる言葉など、あるはずがない。

シロもそれを分かっているので、デュオの背中に小さく手を振るのみだった。

「じゃあお姉ちゃん、ゆーっくり帰国しながら、おしゃべりとか手遊びとかしようねっ」

「いいですよ。今日一日、最後まで、私はあなたのお姉ちゃんです」

「わーーーーい！」

ミミの真横で、シロは幸せそうに笑った。

DAY7

「今日が最終日だねぇ。どう過ごそうかな〜」

昨日は深夜に帰国し、事務所のそれぞれの部屋で睡眠をとった。

陽光が差し込む中、ミミ、シロ、ニイニは、朝食後のティータイムを過ごしていた。

シロの犯行を調べ、依頼者たちからの情報をとりまとめたのはニイニだ。当然、今日ミミがシロを殺すことは知っている。

ニイニはティーカップの中に残っていた分を飲み下すと、首をぐるりと回した。

「さあて、じゃあ僕は久しぶりの休日を満喫させてもらおうかな。釣りに行ってくるから、事務所空けるならカギ閉めてってね」

ニイニは伸びをしながら、シロの後ろを通って出口に向かおうとした。その進路を、シロはイスを後ろに倒して妨害する。

「とか言って、今日一日、隠れてあたしたちのこと、監視するんでしょ？」

シロはイスの背もたれに頭をのせて、横目でニイニを睨《にら》みつけた。

「そんな野暮《やぼ》なことはしないさ。シロ、後悔しないようにな。ミミ、後悔させないようにな」

ニイニは柔らかな口調でそう言うと、背もたれの角に人差し指をのせ、イスを起こした。

素直に頷いたミミに対し、シロはまだ不満げだ。

「言われなくてもそうするけど。まぁ、隠密魔法使って監視してても、あたしならすぐに分かるし、手出しさせないけどね〜」

「実は僕も人知れず鍛錬してて、今じゃシロに気付かれないほど、隠密魔法を極めてたりしてね。何にせよ、僕の出る幕はないよ。ミミは負けない」

「そんなの、あたしにも分かってるよ。最期まで戦うつもりだけど、きっとあたしは、殺し合いに負ける」

「変わったね、シロ。今の君なら、後悔を残さないんだろうね。今日は本当に、二人の邪魔をするつもりはないよ。最期まで、ミミと過ごしておいで」

ニイニの青く澄んだ瞳は、何の感情も映さず、真摯にシロの瞳と線を繋ぐ。

「そうする。じゃあね、ニイニ」

「うん。じゃあね、シロ」

ミミにそうしているように、思わずシロの頭に手を置こうとしたニイニだったが、途中で自分がしようとしていたことに気付き、手を引っ込める。

その手を、シロは掴み、自分の頭の上に乗せた。

ニイニは微笑み、ひと撫でしてから、シロに背を向けた。

シロは事務所から動く様子を見せず、ただイスを揺らしているだけ。ミミは手持ち無沙汰になったため、コーヒーのおかわりをするべく立ち上がる。

隣の部屋のキッチンに行くと、既にホットチョコレートが二つ用意されていた。きっとニイニの仕業だろう。

それを持って事務所に戻ると、シロはテーブルの上に寝そべって、右に左に転がっていた。

「行儀が悪いですよ」

「今日は好きなことするんだも～ん」

「もう好きにしてください」

ミミは、シロの目の前にマグカップを置いてから、定位置に着く。

「ミミ先輩が作ってくれたの⁉　ありがとう！　あぁ～甘い～美味しい～。さっすがミミ先輩だな～」

シロはテーブルの上に身を横たえたまま、肘をついて、マグカップを口に運んだ。

「それ作ったの、ニイニです。美味しいですよね」

シロは吹き出しそうになるのを必死にこらえた。

「そ、そっか。ふぅん。結構やるね」

普段は早いペースで飲むシロだったが、この時ばかりは、ミミのように少しずつ口に含んだ。

「それで、いつまでここでゴロゴロしてるつもりですか？」

「それなんだよねぇ。やりたいことは昨日大体やっちゃったしなぁ。ミミ先輩、あたしとやりたいこと、何かある？」

「私に決めさせないでください」

「何かないの〜何か〜」

「したいことは思い浮かばないですが、シロにずっと訊きたかったことはありますよ」

「なになに!? なんでも訊いて！」

「どうして私に、家族になってよ、なんて言ったんですか？」

「あれ、あたし、前にも言わなかったっけ。ミミ先輩に憧《あこが》れてたからだよ」

「いえ、私が訊きたいのは、なぜ私のことを、そんなに好きになってくれたのか、ということです。ただの憧れだけでは説明がつかないと思うんですが」

テーブルの上で蠢《うごめ》いていたシロは、ぴたりと止まった。

「は〜あ。やっぱり覚えてないんだねぇ。ミミ先輩が思い出してくれるの、ずっと待ってたんだけどな〜。覚えてない？　組織の施設にいた時の、卒業試験のこと」

「私が教官を殺しかけたことでしょうか。あの頃は未熟でした。もっと手を抜くべきだったと反省しています」

「思い出すのはそこじゃなーい！」

　匍匐前進でテーブルの上を進んだシロは、ミミに顔を近づける。

「それ以外に、特筆すべき点はなかったと思いますが」

「あるんだよぅ！　あたし、あの時、一緒に卒業試験受けてたの！　手加減をしてなかったのは、ミミ先輩じゃなくて、教官の方！　あたしを含む何人かが死にそうになってたところを、ミミ先輩が救ってくれたんだよ！　ミミ先輩は、あたしの命の恩人なの！　救世主なの！」

　熱く語るシロを前に、ミミは無表情を貫く。

「そんなこともありましたね。あの時は、将来有望そうな組織員見習いがいなくなるのはもったいないという気持ちだったような、気がします。それとも単に、教官が殺しにきていたので、こちらも殺す気で戦わなければ、と思っていただけかもしれません」

　シロは落胆したようにうつむいた後、乾いた笑い声をあげた。

「あぁ〜もう、ミミ先輩らしいなぁ。それでこそだよ。ミミ先輩にとってはそれくらい、些末なことだった。でもあたしにとっては違ったんだよね。ミミ先輩の二つ名が死神？　とんでもない。あたしにとっては女神だった。そんなミミ先輩に近づきたくて、ここまで頑張ってきたんだぁ」

　ミミは、シロが自分に向ける感情の大きさの理由に、ようやく納得がいった。

「結果的に、シロを救っていたんですね、私は。お役に立てたようで、なによりです」

「これであたしが、ミミ先輩を慕いたくなった理由は分かったよね。でも、肝心なこと、まだ話せてないんだ～」

「そもそも、なぜ家族を欲していたか、ですね」

シロはようやくテーブルの上から降りて、イスに腰かけた。今まで見たことのない、行儀の良い座り方だった。

「最初はね、ただ、家族がいなくなって、寂しかったから、新しい家族が欲しい、愛したいし、愛されたい。自分はそう思ってたんだと思う。でもね、気付いちゃった」

「その思いが、違ったことにですか？」

「ううん、正確には、なんでそんな寂しさを感じていたのか、その理由に気付いちゃった、かな。きっかけは、エドガーとのおしゃべりだった。エドガーとあたしね、境遇が似てるなーって思ったんだ。両親が作った環境の中でだけ生きて、生き方も既に決められてて。あたしはずっと、両親に愛されていたと思ってた。エドガーも最初はそうだった。でも、エドガーは、ただ両親の道具として、利用されてただけだった。エドガーは、両親から疎ましく思われてたって分かった瞬間に、両親を愛する気持ちが、憎む気持ちに変わっちゃったんだよね」

ミミは、疼痛を抑えるように、胸に手を当てた。

シロはやはり、エドガーのことをちゃんと理解していた。

エドガーが父親を殺し、自死してしまった結果を認めるわけにはいかない。

だが、シロがエドガーの気持ちに寄り添っていたことは、認めるしかない。

「その通り、だと思います」

「エドガーを見てね、もしかして、あたしもそうだったのかもしれないって、思っちゃったんだよね。その疑念は、ルシルと話したことで強まった。あたし、全然普通の家庭じゃなかったんだね。普通、子どもに人殺しとか、させないんだよね。あたしも、ただ両親の宗教の道具として、使われてただけだったのかもって、感じた。実際、そうだったんだと思う。でもね、でも、認めたくなかったんだ。だって、もう何年もずっと、信じてきたんだよ？　あたしたちは、幸せな家族だったんだ、って。今更そんなこと、認めたくないよ」

膝の上で、強く握られた拳《こぶし》に、涙が滴る。

「薄々気付きながらも、信じようとせず、両親に愛されていたと、両親を愛していると、自分に言い聞かせ続けていたのですね」

「ミミ先輩はすごいね。その通りだよ。私は、両親に愛されているって、思いたかった。私も、両親を愛しているって、思いたかった。だから、イザベルの話を聞いて、私は復讐すべきなんだって思った。両親に愛されていた。両親を愛してる。それを事実にするために。本物にするために。そうやって全力で目を逸らしたら、本当にそう思えてきて、両親を殺されたことに怒りが湧き上がった。偽物の感情を、本物の感情だと思い込んで、復讐を果たした。復讐は悪いことだってことは分かってたけど、その本物になっちゃった感情には逆らえなかった」

「もう、止まることができなくなっていたんですね」

「そう。行きつくところまで、行っちゃった。もう元の場所が分からなくなってた。けど、目を逸らす前の自分に、戻れたんだ。ミミ先輩に、両親のことを愛しているんですね、って三日目に言われた時、ルシルの顔が頭に浮かんだ。ルシルとおんなじようなことをしちゃったけど、ルシルは最期の一週間で、自分の罪と向き合った。あの時教会で、サバイバルナイフを磨きながら、決めたんだ。ミミ先輩が言い続けてたように、ターゲットたちがそうしてたように、自分自身と、向き合おうって」

ミミは、こみ上げてくる感情に、締め付けられた。

ターゲットたち《あなた》が遺したものが、一人の人間を変えた。

私にはできなかったこと。

「それで、私に訊いてきたんですね。両親について、どう思っているのかと」

「そういうこと。最初、ミミ先輩の両親のことを調べようと思ったきっかけは、あたしの両親に対する違和感を解消するためだった。ミミ先輩から何かヒントをもらえるんじゃないかって。結局、自分で違和感の正体に気付いちゃった。けど、ミミ先輩の両親を突き止めたことは、無駄にはならなかった。何となく分かってたんだよね。ミミ先輩も、環境に恵まれた人生じゃなかったってこと。だから、訊きたかった。ミミ先輩の、両親に対する考えを。訊いて良かった。

ようやくあたしは、両親のこと、受け入れられたよ」

シロは顔を上げた。

涙でまみれた瞳で、必死に笑顔を作って、ミミに向けた。

「デュ、デュオも言ってたよね、死んだ人間の真意は、誰にも分からないって。自分の心を楽にするために、都合よく妄想しておけばいいんだって。ミ、ミミ先輩のね、おかげでね、あたしも、パパとママの愛の欠片、思い出せたんだ。雷に怯えていた夜、一緒に寝てくれた。夜中にお腹が空いたとき、こっそり夜食を作ってくれた。眠れない夜、教義の本じゃなくて、普通の絵本を読んでくれた。頑張って思い出してもこれくらいしかなかったし、それすらも、あたしを利用しやすくするためにしたことかもしれないけど、都合よく、愛の欠片ってことにしとく。そうしておけば、あ、あたし、パパとママのこと、許せるなって、思うから――」

シロの目から、涙が溢《あふ》れて止まらなくなる。

ミミは、溢れる涙を、止まるまで何度も、何度も拭った。

銀色の目を真っ赤《まか》にさせたシロは、鼻水をすすりながら、訥々《とつとつ》と話す。

「ずっと心の隅で、両親に愛されてなかったって、無意識で気付いてたから、寂しくて、ミミ先輩に、家族になってって言ったんだと思う。意識的になってから、やっぱりその寂しさを埋めたくて、最期に、ミミ先輩とデュオに家族ごっこに付き合ってもらったんだ。すごくね、幸せだったよ。あの時間がずっと続くような人生を送りたかったなぁ」

「私も、あの瞬間だけ、自分が殺し屋であることを忘れていました」

その言葉が嬉しかったのか、シロは鼻をかみながら、笑みを浮かべた。

「叶わないことを願っても仕方ないよね。あたしたちは、今、ここにいて、生きてるんだから。ミミ先輩、あたし、贖えない罪を犯したってことは自覚してる。でもね、エドガーみたいに自死を選ぶことはできない。ルシルと同じように、ミミ先輩と殺し合うよ」

「分かってますよ。殺し屋である私たちにとって、それは自然なことですから」

シロは目元から全ての水分を拭き取ると、空間に溶けるように消えた。

「ミミ先輩、最後に追いかけっこしよ？　逃げきれたらあたしの勝ちね」

その言葉が聞こえてすぐに、シロの気配は完全に途絶えた。

「全く。困った子です」

追いかけっこが、今したいことなら、させてあげよう。

最期の一秒まで、シロに寄り添う。

決意を固めたミミは、事務所の戸締まりをしてから、外に出た。

夕暮れ時。シロの両親が眠るあの教会に、ミミは現れた。

「いるのは分かっています。隠密魔法を解いてください」

ミミの一声で、女神像の上に腰かけたシロの姿が浮かび上がる。

「ミミ先輩なら、見つけてくれるって思ってた」

軽やかに降り立ったシロは、顔にまとわりつく長髪を、首を振って払った。

「分かりやすい場所に逃げ込んでくれて助かりました。縁もゆかりもない、どこか遠い場所であれば、逃走確率を高められたかもしれないのに」

「だって、どうせ逃げ切れないもん。ミミ先輩との差って、本当にちょっとしかないから」

シロは、組織の人間特有の、戦闘の構えをとる。

その手には、磨き込まれたサバイバルナイフが握られていた。

「もう、はじめるんですね」

ミミも、同じく構えをとった。

「だって、これ以上ミミ先輩としゃべったら、余計に辛くなる。あたし、ミミ先輩に、感謝してるんだ。醜い何かから、最後の最後に、人間にしてくれた。卒業試験で命を救ってもらったし。楽しい思い出、いっぱいくれた」

殺し合う前に、一言だけ。


ありがとう。

ミミは、全身全霊で受け取る。その言葉を。その眼差しを。
白い髪。銀色の瞳。頬にある十字架型のアザ。
その姿を、目に焼き付ける。
ミミは、どういたしましてと答える代わりに、こう言った。

あなたを殺します。

最初は互いに隠密魔法を使っての不意打ち狙い。
両者ともに見切る。
優れた隠密魔法の使い手は、自身を上手く隠すのと同時に、隠れた相手を見破る。
隠密魔法の精度は、僅かにシロが上。しかし反応速度はミミが上。
ナイフが火花を散らす。
日が落ち、暗くなっていく教会の中、その光だけが浮かび上がる。
このままでは持久戦になる。そうなったら、体力で劣るシロに勝ち目はない。
シロは、イザベルの時にも使った、とっておきの魔法を発動した。
『《悪魔の衣《ディアボルス・ドレス》》』
シロのサバイバルナイフが、ミミの左目、蒼色の方に、深々と突き刺さる。

ミミの驚異的な反射神経により、致命傷は避けられた。
避けられただけで、深手を負ってしまった。衝撃で、得物のナイフも取り落とした。
ミミにも感知できない、隠密魔法。
すかさずもう一本のナイフを抜き、追撃に対応。
対応できたのは、その隠密魔法の持続時間が短かったから。
ミミは瞬時に戦い方を変えた。
持続時間が短いものの、またあの隠密魔法を使われたら、今度こそやられる。
『《慈愛《パピリオ・リカバリー》》』
光る蝶が現れ、ミミの負傷した左目に集まる。
視力が回復するまでには至らなかったが、血は止まった。
次に、使用していた全魔法を解除。
『《超越強化《トランセンド・フォース》》』
ミミの膨大な魔力を、この魔法一つに集約。
シロは魔力を練り、再び《悪魔の衣《ディアボルス・ドレス》》を使用した。
なのに、ナイフを防がれた。
《超越強化《トランセンド・フォース》》により、元々飛び抜けていたミミの反応速度が、限界を超えた。
それによって、サバイバルナイフが触れた瞬間、身体が反応するようになった。

シロの攻撃はことごとく、皮膚を貫く前に、表面に触れただけでずらされ、いなされる。

ならばとミミから距離を取り、シロはサバイバルナイフを投擲。その隙に、遠距離攻撃魔法の準備を行う。

ミミはサバイバルナイフが飛んできた場所、速度から、シロがいる場所を予測。

超強化された身体で、床を蹴《け》る。

シロの遠距離攻撃魔法が発動。真っすぐ向かってきたミミに直撃。

するはずだった。

『《空踏《アーエル・ジャンプ》》』

《超越強化《トランセンド・フォース》》を解除したミミは、即座に発動させた魔法で空中を蹴り、回避。

更にもう一度空中を蹴り、シロに肉薄。

『《我、命を奪い去る者《La Mort》》』

ミミはナイフを手放し、臀部から紐を引き抜き、鎌を展開。

シロの両腕、両脚を、斬り落とした。


隠密魔法が解けたシロは、床に転がる。

そんなシロに、ミミは回復魔法をかけた。

『《慈愛《パピリオ・リカバリー》》』

光る蝶が両腕、両脚にまとわりつく。

出血が緩やかになった。鎮痛作用により、苦悶の表情が和らいでいく。

「ミミ先輩、なんでこんなことするの？」

シロは当然の疑問を、ミミにぶつける。

「シロに、してあげたいことがあったんです。シロの望みを、最期に叶えてあげたくて」

ミミは、シロの身体を、力いっぱい、抱き締めた。

ミミの肩に、シロの涙がしみ込んでいく。

「やっと、抱き締めてくれたね、ミミ先輩。あったかい、なぁ」

ミミは、時間がかかる魔法の準備のため、魔力を練りはじめた。

「お姉ちゃん、でいいですよ。シロはもう、私の家族です。妹です」

「最期だからってさ、いいの、そんなこと言って」

「はい。私も、シロに救われてたんですよ。両親のことを、知ることができた。許すことができた。きっかけをくれたのは、シロなんです」

「じゃあさ、お礼に、あたしの本当の名前、呼んでくれない？　エヴァ、って」

「エヴァ」

「えへへ。お姉ちゃん。こんなに罪にまみれたあたしを抱き締めて、名前まで呼んでくれるなんて、優しいね」

「当たり前じゃないですか。家族なんですから」

失血により、エヴァの意識が薄れてゆく。

「ミミ先輩、あれ、とってきて」

エヴァの視線を追わなくとも、あれが何を指すのか、ミミには分かった。

「これですね」

ミミは、床に転がっていたサバイバルナイフをエヴァの目の前に持ってきた。

「それ、ミミ先輩が持ってて。できるなら、大事にして」

「もちろんです。死ぬその瞬間まで、手放しません」

エヴァは、口元から血をこぼしながら、深く頷いた。

「これでもう、心残りはないかな。さっきも言ったけど、もう一回、言わせて。――ありがとう、お姉ちゃん。こんなあたしを、妹にしてくれて」

「こちらこそ、こんな私を姉に選んでくれて、ありがとうございます」

ミミは、片手で鎌を手に取った。

エヴァは、真っ白だっただけ。

生まれ落ちた場所がたまたま黒だったから、黒く染まってしまっただけ。

「ねえ、もし、もしね、生まれ変わったら、その時は、本物の――」

「姉妹に、家族になりましょうね。私はその時を、楽しみにしています。たっぷりかわいがりますから、エヴァも楽しみにしていてくださいね」

エヴァは、にこりと微笑んだ。

ミミは、そんなエヴァを左手で抱いたまま、右手で鎌を短く持つ。

回復魔法の鎮痛効果が切れる直前に、右手をエヴァの首に回して、不可視の刃を滑らせた。

「《汝の旅路に幸あらんことを》《Bon voyage》」

epilogue

エピローグ

一時帰国したミミは、デュオにあることを提案した。

デュオはそれを受け入れ、書類を作成。

その書類を手に、ミミは教会を訪れた。

教会の裏、真新しい墓の前に、ミミは立つ。

そこに、書類を埋め、花を添えた。

その書類には、デュオの養子に、エヴァを加える、とある。

書類上で、ミミとエヴァは姉妹になった。

そのことを墓の前で報告した後、ミミは教会の中に入る。

もう、信徒が訪れなくなったその教会を、隅々まで掃除した。

立ち去る前、女神像の前で、ミミは祈りを捧げる。

どうか、環境さえ違えば罪を犯さなかったであろう人たちの来世は、温かなものでありますように。

エヴァと、本当の姉妹になれますように。

今度は平和な世の中で、私自身もまた、ネモとアルクの娘として、生まれますように。

ミミは祈りを終え、目を開ける。

マントの中から、小さなカンバスを取り出し、しばらく眺めた。

そこには、ミミが描いた、満面の笑みを浮かべたエヴァがいた。

それをしまってから、女神像に背を向けて、歩き出す。
左目を覆《おお》う眼帯に、触れながら。
そんなミミの背中を、ステンドグラス越しの陽光が照らしたのだった。

終章 元殺し屋の少女

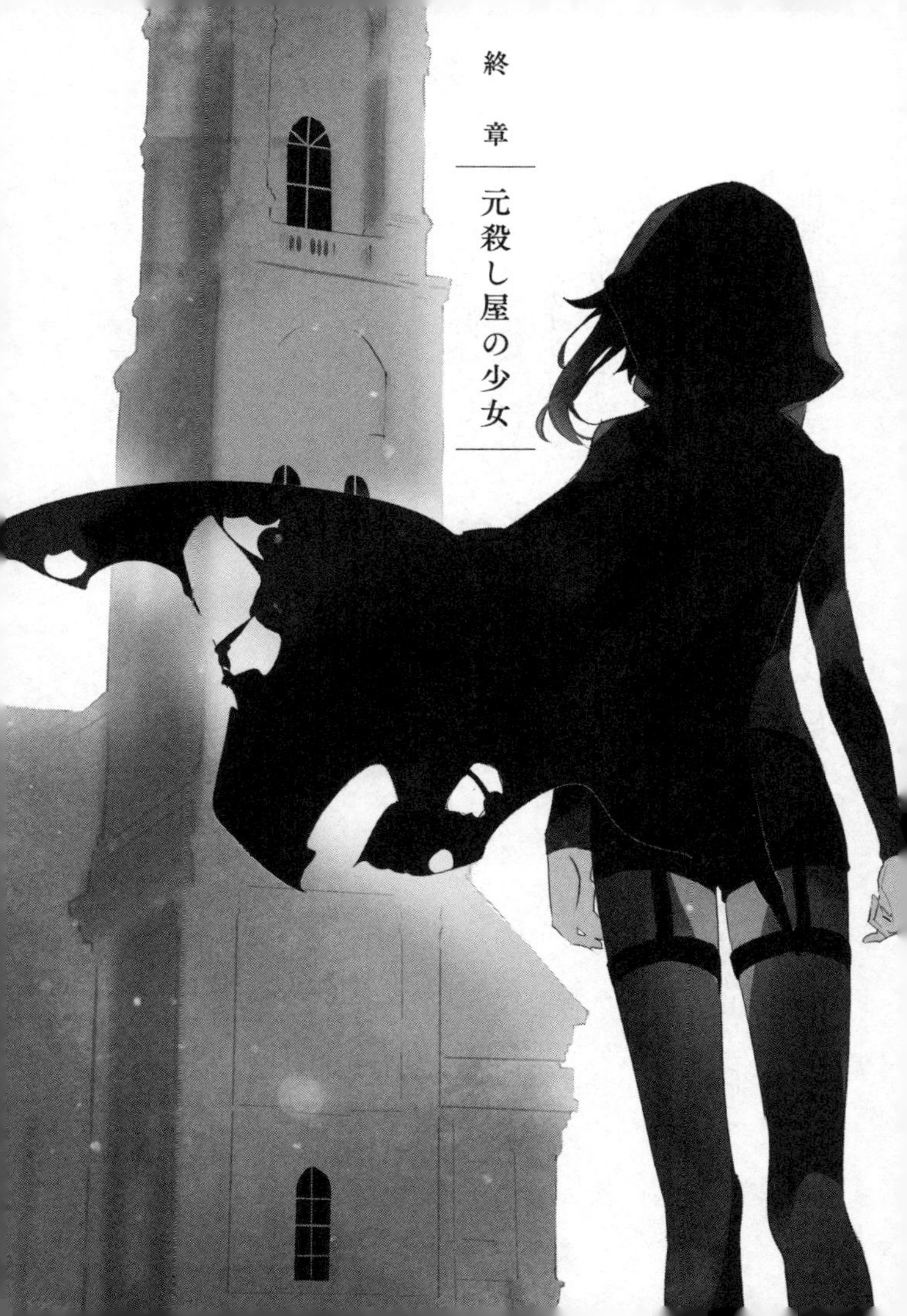

二年後。ミミ、一六歳。

ＤＡＹ１

「一週間後、お前を殺す」

少年は、ミミを地面に組み伏せながら、そんなことを言った。

「なぜ、一週間後なのですか」

「お、お前が今までやってきた方法で、こ、殺してやるんだ」

ミミの首元に向けられたナイフは、激しく震えていた。

まだ幼い。一二歳くらいだろうか。

ミミは、この少年に負けた。

任務終わりに、路地裏でこの少年に襲撃され、応戦。

ものの一分もしないうちに、身体の自由を奪われた。

ミミでも全く検知できない隠密魔法に、規格外の身体強化魔法。

隠密魔法は、エヴァが使っていたものと同程度の精度ながら、持続時間が長い。話している今も、少年の姿は全く見えない。

身体強化魔法も今までに見たことがないくらいに強力で、ミミの反応速度を上回っていた。

そのため、遠距離攻撃魔法は全く通用しなかった。ことごとく避けられた。追尾系の魔法でも、強力な隠密魔法のせいで、標的を見失い、あらぬ方向へ飛んでいった。

遅れて、死の恐怖が迫ってくる。

何が起こったのか、理解する暇もないくらい一瞬で殺されるところだった。

「あなたは、何者ですか？　他組織の殺し屋でしょうか」

「ボクをお前らみたいな殺し屋と一緒にするな！　ボクは何者でもない。ただ、コードネーム33を殺しにきただけだ！」

どこの組織にも所属していない？

ミミの中で、疑念が膨らんでいく。

これほど腕の立つ殺し屋が、一般人であるはずがない。

「そうですか。個人的に殺しの仕事を受けた、と」

「だから！　ボクはお前たちみたいに、金をもらって人を殺すなんてこと、しない！　これは復讐だ。コードネーム33、お前に対するな」

少年は、ミミの拘束を解き、乱暴に地面に転がす。

少年から受けたダメージで、しばらく立ち上がれなかったミミは、息を切らしながら、地面から顔を上げた。

フードを上げた少年と目が合う。

青と黄色が混ざった珍しい虹彩。左目の下のほくろ。

「あなたは……シルヴィ・デュランさんの息子、ですか？」

ミミは、これまで殺してきた人間を全《すべ》て覚えている。

珍しい身体的特徴の一致。そこから導き出した。

ミミが、昔ボス案件で殺した、罪なき一般人。

その、息子。

「そうだ！　ボクの名前はルイ・デュラン。お前は、母さんの仇だ！」

ミミは回復魔法を使ったことで、ようやく身体を動かせるようになった。

ルイはミミをずっと監視していた。怪しいことをすれば即座に殺す。ルイの目はそう物語っていた。

持続する緊張感に、精神がすり減る。

そうか。私は今、ターゲットなんだ。

これまで自分が過ごしてきたターゲットたちも、こんな気持ちだったのだろうか。

「あなたは、なぜ私と同じやり方で、私を殺すのですか？」

「質問ばかりだな、殺し屋。決まってるだろ。お前を苦しませてから殺すためだよ。お前も、ターゲットを苦しませるために、一週間の猶予を与えてたんだろ？　ボクが入手した情報では、コードネーム33は、ターゲットに接触してから、きっちり七日後に殺していた。その間に、死の恐怖に脅えるターゲットを見て楽しんでたんだろ⁉　この悪魔が！」

「いえ。私は、ターゲットを苦しませるために、そんなことをしていたわけじゃありません」

「それ以外に理由なんてあるか！」

「今説明しても、分かってもらえそうにありませんね。この一週間、私の好きなように過ごしてもいいですか？」

「お前はターゲットに対して、一週間、どんなむごい仕打ちをしてきたんだ」

「ターゲットのしたいことに協力していました」

「殺し屋は嘘《うそ》を吐くのが上手《うま》いな」

「嘘ではありません」

ミミは、地面から立ち上がって、ルイと目を合わせた。

ルイは、一見、何の感情も浮かんでいない、空疎なミミの瞳《ひとみ》を見返す。

「信用できない。ただ、別にボク側にデメリットはない。だってボクは、お前をいつでも殺せる。お前のことは殺したいほど憎いけど、人を傷つけて喜ぶような趣味はない。いいか、怪しい行動をとったら、すぐに首を刎ねるからな」

人を傷つけて喜ぶような趣味はない。

これはおそらく、本当のことだろう。話している時のバイタルサインが正常だった。

ならなぜ、苦しませるために一週間の猶予を与えたのか。

感情のままにまくしたてていた、あの言葉たちはきっと嘘だ。悪魔め！　の部分だけは本物だろうが。

ナイフを突きつけていた時の、異常なまでの発汗や震え。

戦闘時は迷いがなかったのに、いざ殺す段になって鈍った切っ先。

おそらくルイは、人を殺したことがない。

一週間で、人を殺すための心の準備をしたいのではないかと、ミミは推測した。

「はい。分かっています」

ミミはルイに背を向けて、歩き出した。

「どこに行く！」

「まずは、キイリング王国に戻ります。付いてきてください」

「ボクに命令するな！　ったく、お前、なんでそんなに冷静でいられるんだ」

歩幅をミミに合わせながら、横目で睨《にら》みつけるルイ。

「抵抗は無駄ですから。死ぬことが分かっているのなら、少しでも後悔を潰《つぶ》したい」

頭ではそう分かってはいるが、隣にいつでも自分を殺せる存在がいることのプレッシャーは、無視できるものではない。

表面上は受け入れて、冷静に振る舞っていた今までのターゲットたちも、内心はそうではなかったかもしれない。強がっていただけかもしれない。

ミミは、そんなことを思った。

「おかしいよ、お前」

「いいえ。私はただ、心の準備ができていただけです。いつか、報いを受ける日が来るはずだ、と。もし、私が殺した人間の縁者が、私に恨みをもって殺しに来た時は、死を受け入れるべきだ、と。だって、そうじゃないと不合理じゃないですか。罪を犯した人間を、仕事として殺す。それもまた罪であり、裁かれるべきです」

ルイは、足を止めて、ミミの後ろ姿をいぶかしげに見つめる。

「お前、変だよ。殺し屋っぽくない」

「よく言われます」

「ボクを惑わそうとしてるのか？　心にもないことを言ってるんじゃないのか？」

ミミは振り向いて、ルイに微笑んだ。

「安心してください。私は――」

そう前置きをして、ミミは言う。

「一週間後、あなたに殺されます」

DAY2

二一時頃。ミミとルイは、キイリング王国のとある場所に到着した。

小さくて、みすぼらしい民家だ。

「ここで何をするんだ？」

「裁縫です」

「それが、お前のやりたいことなのか？」

「はい。やりたいことの一つです」

「死ぬ前にやりたいことがそれなんて、変なやつだ」

ルイは、いつでもミミを殺せるよう、ナイフを握りしめながら、家の中に入っていくミミの背中を追いかける。


ミミは、何度か訪れているこの場所を、じっくりと見回した。

これからは、全てが見納めになる。より一層、目に焼き付けたい。

一度、瞬きをしたミミは、タンスから一枚の服と、裁縫道具を取り出した。

机にそれらを持っていき、裁縫をはじめる。

ルイは少し離れたところに立ち、ミミの行動をつぶさに観察していた。

「本当に、裁縫をしているだけだな?」

「服に刺繍を施しています。たまにここに来て、ちょっとずつ作業を進めていました。殺される前に、仕上げておこうかと思いまして」

「こんな、狭くてカビ臭いところが、お前の住処《すみか》なのか?」

「いいえ。ここは、私が殺したターゲットの家ですよ。名をルースといいます。はじめてできた友達でした。一週間の猶予の後に殺すというやり方になった、きっかけを与えてくれました」

「ターゲットが、友達?」

ルイの殺意が途切れ、好奇心が顔を出す。

ミミはそれを感じ取り、できるだけゆっくりと、ルースについて話しはじめた。

「そうです。たった数日間でしたが、私にとってかけがえのない時間でした。ルースにとっても、そうであったと願いたいです」

「なんでそのルースってやつは、自分を殺す相手と友達になんてなれたんだよ」

「ルースは、罪人でした。人を殺したんです。たまたま私が依頼を受けましたが、私が辞退していたとしても、依頼人は他の殺し屋を差し向けていたでしょう。ルースはどちらにせよ、死ぬ運命にあった。ルース自身、それを分かっていたのでしょうね。だから、私を受け入れてくれたのだと思います」

「なんだ、そいつも人殺しか。同類だから、仲良くなれたんだな」

「あなたも私を殺すので、人殺しの仲間入りですね」

ルイは、顔を真っ赤《まか》にして大きな声を出した。

「ボクはお前らなんかとは違う！　正当な復讐だ！　ちゃんとした理由がある！」

「理由があったら、人を殺してもいいんですか？」

ルイは押し黙った。何か言い返そうと、必死に悩んでいる。

ミミは、ルイがその矛盾に苦しむのを分かって、あえてそう訊いた。

そこを考えて、納得しておかないと、殺したことを後悔することになる。

「わ、分からない！　い、良いとか悪いとか関係ないだろ！」

「私も昔、そう思っていました。何も考えず、ただ仕事だからと人を殺していました。そんな私を変えてくれたルースの話を、聞いてもらえませんか？」

ルイは呼吸が落ち着いていくとともに、またしても殺意が薄くなっていく。

「分かった。聞いてやる」

「ありがとうございます。何から話しましょうか。まずはルースの生い立ちから――」

ミミは裁縫を続けながら、ルースとの数日間を、できるだけ細かく、ちゃんと伝わるように、ルイに語って聞かせた。

聞き終わった後、ルイは呆然《ぼうぜん》と立ち尽くす。

「あなたは、どう思いますか？　ルースは、死ぬべきだったのでしょうか。私が出した答えは、罪は消えない、だから依頼通り殺す、です。ただ、ルースの境遇を想《おも》うと、無慈悲にただ殺されるだけでは、浮かばれない。だから、殺す前に少しでも、ルースが幸せになるようなことをしてあげたかった」

ルイにとっては、衝撃的な内容だった。

今まで考えたことがなかったこと。

考える必要もなかったこと。

ルースの罪と、ルースとの触れ合いでミミが得たもの。

ルイは考えごとをしている間に、自然に寝床に向かって、横になった。

ミミは、いつしか寝息を立て始めたルイを横目に、静かに裁縫を続けたのだった。

ＤＡＹ３

「ボクが寝ている間に襲おうとしなかったのは、なんでだ？」

「そうした場合、私の攻撃を察知して、反撃していたでしょう？」

「まあ、そうだけど。にしてもお前、寝なさすぎるだろ。初日からお前がしっかり睡眠をとってるとこ、見たことないぞ」

「有事の際にすぐ対応できるよう、できるだけ寝ないようにしていますので。日中に適宜、脳や身体を休めているので睡眠不足でも問題ありません」

「人間とは思えないな」

ルイは眠りから覚めた瞬間に飛び起き、ミミに対し構えをとった。

ミミは応戦しようとせず、淡々と仕上げを行う。

完成した。

ルースが気に入っていた模様と、猫のモチーフ。

服をハンガーにかけて、壁に飾る。

ミミは、満足げに刺繍入りの服を眺めた。

「これで、ルースは満足してくれるでしょうか」

ミミが宙に投げかけた言葉は、家の中へ溶けていく。

「随分、手間をかけていたな」

「ええ。綺麗《きれい》な刺繍が施された服を作ることは、ルースの願いでしたから。これは、ルースへ贈る服なんです。これで、やりたいことを一つ終わらせることができました」

「あとどれくらいやりたいことがあるんだ」

「数えきれないほどです。時間が許す限り、やっていこうと思います。それでは、次の場所に向かいますよ」

外から吹き込んだ風で、ミミが縫った服が、そよそよと揺れた。

「さようなら、ルース」

ミミは、ドアを開けて外に出る前に、部屋の中を眺める。

「だから、ボクに命令するな」


ミミは、ルースの家を出てから、これまでのターゲットと縁のある地を訪ねた。

そこで、死者への手向けや、人助けを行う。

石碑の前で祈りを捧げたり、大事にしていた調度品を磨き上げたり、ターゲットが気にかけていた人物を影ながら援助したり……。


手早く終わらせては、すぐに移動、を繰り返す。

移動しながら、ミミはいくつかルイに質問を投げかけた。

「あなたはどこの組織にも所属していないんですよね。誰《だれ》かに師事していたのでしょうか？ 隠密魔法や身体強化魔法が尋常ではありません」

「別に、誰にも何も教わってない。父さんの鍛錬を見てただけだ。母さんに、お前の魔法は強すぎるから悪用するなって、昔からよく言われてた。だから一人でこっそり山の中で練習してたんだ。誰にも迷惑かけないように。楽しかった。動物から隠れたり、岩を割ったりするの」

元々の素質と、遊び感覚での鍛錬。

天才だ。自分とは比べものにならないくらいの。

殺し屋として育てられていたら、誰にも到達できないところまで辿《たど》り着けていただろう。

「そうだったんですね。それほどの力があるのなら、組織から情報を抜くことは、簡単だったんでしょうね」

「まず、お前の組織の存在を知るのが大変だった。毎日、隠密魔法を使って情報を集めたんだ。組織のことを知ってからは簡単だった。誰もボクの隠密魔法に気付けないからな。資料も読み放題だし、いくらでも会話を盗み聞きできた。特にお前の情報は集めやすかった。組織内で有名だったから」

「どこまで組織のことや、私のことを知っているのでしょう」

「重犯罪者専門の殺し屋組織、なんだろ。それでお前は、組織内で一番強い。『死神』って呼ばれてる。ターゲットに一週間の猶予を与えた後に殺すっていうポリシーがある。他にも色々」

「かなり把握しているようですね。組織の人間には、今以上に資料を厳重に扱うことと、自分が察知できないだけで、たとえ本部にいたとしても、誰かが聞いているかもしれない、ということを意識してもらわなければいけないようです」

「無駄だろ。ボクは誰にも気付かれない。空気みたいなものだから」

「それもそうですね」

ルイは、昨日、一昨日と比べると、大分素直に答えてくれた。

ルースとの思い出話に、何か感じるところがあったのかもしれない。


夕方にさしかかった頃。

ミミは、『家』の一つでいくつか菓子を作り、丁寧に包装して、とある民家に届けた。

ポストに投函してすぐに、家主が取りに来る。

若い女性だった。灰白色の髪に、黒い瞳。

家の中から赤子の泣き声が聞こえてくる。

「お母さん！　またお兄ちゃんからお菓子届いたよ～」

女性は、ベランダに向かって声を張り上げた。

「もう、こんなことするなら顔出せばいいのに。かわいい姪っ子に会いたくないのかねぇ」

そんな言葉がベランダから返ってくる。

「ね～」

女性は嬉《うれ》しそうに菓子袋を胸に抱えながら、小走りで戻っていった。

ミミは、リカルドのフリをして、お菓子を送り続けていたのだ。

ルイは表札の名前を眺めながら、ミミに話しかける。

「このシルヴァってやつは、どんなターゲットだったんだ？」

ルイはミミがターゲットのために何かするたびに、どんな人間だったか訊いていた。

「さきほどの方は、妹さんですね。兄のリカルドさんがターゲットでした。麻薬の運び屋をしていましたが、ある日、お金欲しさに雇い主の倉庫から麻薬を持ち逃げしました。その雇い主から依頼が来たんです」

「言い訳できないくらいの犯罪者、悪人だな」

「そこに関しては否定できません。ただ、彼も、環境さえ違えば、そんなことにはならなかったでしょう。生まれた家は貧困にあえいでいて、そのせいで幼い頃からお金に執着していた。お金がないとどれほど苦しいか、身に染みて知っていた。あの頃のキイリング王国は――いえ、今もさほど変わりませんが――貧困層は、犯罪に手を染めるしか、成り上がる方法がなかった。彼は、罪悪感や、贖罪という概念すらあまりよく分かっていませんでした。一週間の猶予の中で、それらを知った彼は、麻薬中毒で苦しむ人たちを支援したんです。もし豊かな家庭に生まれていたなら、彼は真面目《まじめ》にお菓子作りに励んでいたでしょう。彼は、菓子職人《パティシエール》になるのが夢だったんですよ」

「そう、なんだ」

「環境さえ違えば、彼は悪人ではなく、善人として生きられたかもしれない。悪人と善人の境目は曖昧で、この世の不条理さで決まってしまうことがある。ルースの一件でそれを知った私は、変わった殺し方をするようになったんです」

ルイはそれを聞き、口をつぐんだ。

昨日から、ターゲットの話を聞くと、黙り込んでしまう。

ミミにはそれが好ましく思えた。

自分もそうだった。考え抜いて、自分なりの答えを見つけるしかなかった。

七日目までにルイの考えが固まることを、ミミは願った。

ＤＡＹ４

ミミは朝から大量に買い物をし、それをとある孤児院へ届けた。

日用品や玩具、教材、楽器等々、生活を豊かにするようなものばかり。

「新しいお洋服が届きました。助かりますね。でも、一体誰がこんなことをしてくださっているのでしょう？」

受け取った人が、周りの人とそんなことを話していた。

ミミは、一人の子どもを目に映す。

まだ二歳ほどの子だ。母親とそっくりな、焦《こ》げ茶《ちゃ》色の髪がくしゃくしゃに乱れていた。

ミミはその子と目が合ったような気がした。隠密魔法を使っているから、その子はこちらの存在に気付くはずがないのに。

無邪気な笑みを浮かべるその子に、微笑みを返してから、ミミは立ち去った。

ミミは、エレナの子ども、ブランカがいる孤児院に、生活用品を定期的に届けていた。

身体強化魔法で、飛ぶように移動しながら、ルイはまたしてもミミに訊く。

「今回のこれも、ターゲットと関係があるんだよな？」

「もちろんです。私が注視していた子が、ターゲット、エレナさんの子どもですね」

「ターゲットの子ども？」

「はい。エレナさんは、出産と同時に亡くなられました。記録では、私が殺したことになっていますが。エレナさんの願いを叶《かな》え、子どもを孤児院に預けたんです」

「なんだよ、それ。そんなの、ただの人助けじゃないか」

「私の趣味は、人助けですので」

「分からない。ボクには理解できない。なんでお前みたいなのが、殺し屋なんかやってるんだよ！」

「生まれた時から、殺し屋組織にいましたから。組織の施設で、殺し屋になるよう教育を受けてきました」

「途中で逃げだしたり、殺し屋をやめたりはできなかったのか？」

「逃げることなどできませんよ。組織は、裏切り者を地の果てまで追いかけて殺します。やめるなんて、考えたこともありませんでした。殺し屋になることが正しいことなのだと、ずっと教えられてきましたから。外の世界のことなど、仕事がはじまってからじゃないと知り得ませんでした。知ったとて、感情を殺すよう訓練されてきたので、何も変わりませんでした」

「ルースに会って、考え方が変わったって言ってたよな。その後にやめても遅くなかったんじゃないのか？」

ミミは、道の真ん中でぴたりと立ち止まった。ルイもそれに合わせて止まる。

ゆっくりと、ミミは振り返った。

ルイは、ミミの瞳に視線を吸い寄せられた。

哀しそうな笑み。複雑な感情の表れ。

「やめられるわけ、ないじゃないですか。私はこれまで、数多の人間を殺してきました。そんな人間が、今更しれっと大衆に溶け込むことなど、できるはずがありません。できるできない以前に、してはならない。一般人みたいな顔をして、これまでの罪なんてなかったかのように、生活を送る。そんなこと、私には許されない。殺してきた人たちに、申し訳が立ちません」

「じゃあ、もしボクがお前を殺しにこなかったら、この先も殺し続けるのか？　罪を重ね続けるのかよ⁉」

「はい。私は、殺し屋を続けます。環境さえ違えば道を踏み外さなかったであろう人たちに、最期の数日くらいは、幸せになってもらいたいんです。だから私は、ターゲットに一週間の猶予を与えるんです。その期間で、少しでも後悔をなくしてほしい。無慈悲に殺される前に、私が依頼を受けたい。悪意ある人間に愛する者を奪われて、復讐を果たせば捕まり、国によって殺される。その憎しみを、理解できるはずなのに、恵まれた人たちは見て見ぬふりです。スラム街に生まれ落ち、食べ物を盗むことでしか生き残れなかった人に、石を投げるんです。誰だって、たった一つのきっかけで、犯罪者になり得るのに」

ミミは、フードをつまんで下に引っ張って、顔を隠した。

数秒後、フードの位置を元に戻す。そこには普段通りの無表情があった。

「私はきっと、そんな不条理によって崩れたものを、少しだけ、元に戻したいんだと思います。帳尻を、合わせたい。そのために、殺し屋として生きます。いつか、私が背負っている罪を、この命でもって清算する、その日まで」

その日はきっと、あなたによってもたらされるでしょう。

最後の言葉は、ルイの頭に響いて、鳴りやまなかった。

DAY5

潮騒の音。ウミネコの鳴き声。

とある港町で、ミミは変装して、一人の少女と話し合っていた。

「リーダー、本当に私でいいんですか?」

少女は不安げにミミを見上げる。そんな少女を安心させるように、ミミは少女の頬《ほお》に触れ、優しく撫でた。

「ええ。あなたならもう立派に役目を果たせます。後は頼みましたよ」

「リーダーはこれからどうするんですか？」

「旅に出ます。とても遠い場所まで行くつもりです。もう戻ってくることはないでしょう」

「そんな！　また、リーダーに会いたいです！」

縋りつく少女を、ミミは、めいっぱい抱き締める。

「人には、必ず別れがやってくる。あなたには仲間がいます。きっと乗り越えられます」

ミミは少女が泣き止《や》むまで、身体を離さなかった。

ジャビドと過ごした港町。そこで貧しい子どもたちの自助団体を作っていたミミは、有望な子どもにリーダーを託した。

ミミは隠密魔法を使い、姿は見せず、いつも声だけで副リーダーの少女に指示を出していたため、顔合わせはこれが最初で最後。

「まるで人助けだな」

「これも、趣味みたいなものです。好きでやっていることなので」

「これも、ターゲットに関連することなんだろ？」

変装したまま、ミミとルイは寂《さび》れたレストランに入った。

届いた海鮮料理を、二人は口に運ぶ。

消音魔法で、周囲に二人の会話は聞こえない。そのため、気兼ねなく、まるで二人きりの部屋にいるかのように話す。

「そうですね。自らが悪人だと判定した者を殺し回っていた、ジャビドという少年がターゲットでした」

「お前たち殺し屋とあんまり変わらないな」

「私もそう思いますよ。人殺しは罪です。どんな理由があっても。許されるのは、戦時中、敵国の兵士を殺す時だけでしょうね」

「そっか。人を殺しても、許されることが、あるのか」

「結局、法律なのでしょうね。法に触れなければ、間接的に人を殺しても、許されてしまう」

「ボクも、お前を殺したら、罪に問われるんだろうな」

「法律に沿うなら、そうですね」

ルイは口の中に魚を詰め込みながら、目を瞑って頭を振った。

「それで、そのターゲットと、さっきの子はどんな関係があるんだ?」

「直接的な関係はないですね。私はジャビドの、人として綺麗な部分を削り出したかった。ジャビドの、悪い大人のせいで苦しむ子どもを見過ごせない気持ちを、大事にしたかったんです。ジャビドは私に殺される前、親に捨てられた、貧しい子どもたちを支援しました。私も同じことをしているまでです」

「殺し屋のくせに、なんでそんなに……」

咀嚼し終えたルイは、拳《こぶし》を震わせ、うつむきながら言葉を呑《の》み込《こ》む。

ルイは、呑み込んだ言葉の代わりに、ずっと疑問に思っていたことを叩《たた》きつけた。

「ここ数日で、お前が、ターゲットのために一週間の猶予を与えていることは、分かった。嘘じゃないってことは、理解できたよ。だからこそ、余計に分からなくなったことがある。なんで、ボクの母さんは、犯罪者でもないのに、たった一日で殺されたんだ⁉」

ミミは、ルイの憎しみに満ちた瞳を、正面から受け止める。

普段以上に感情を殺し、淡々と事実を伝えた。

「あなたの父親がうちの組織に所属していたという理由だけで、私はあなたの母親を殺しました。本来なら、息子であるあなたも殺すようにと、命令があったはずですが、何かしらの理由で漏《も》れたようですね。あなたの父親が虚偽の報告をし、出生記録等を抹消した、とか」

「父さんが殺し屋だった？　そんなはずない！　父さんは出稼ぎに行ってるって、母さんが言ってたんだ！」

「殺し屋であることを隠していたのでしょう。あなたは、お母さまと一緒に暮らしていましたか？」

「い、いや、母さんも仕事があるからって、たまにしか会えなかった。ボクはじいちゃんとばあちゃんと住んでたんだ」

「なら、お母さまはきっと、夫が殺し屋であることを知っていたのでしょう。あなたを守るために、たまにしか会いに行かなかったのでしょうね」

「あぁもう！　頭がこんがらがる！　父さんはお前らの仲間だったんだろ？　ならなんでその仲間の家族を殺すようなことしたんだよ！」

ミミは、ボス案件の話をルイにした。

ボス案件が組織の理念と反していたことや、なぜボスであるアルクがそんなことをしたのか、かいつまんで説明する。

「じゃあなんだよ、お前はただ殺すよう命令されただけってことか？　何も知らなかったから、自分は悪くないって言いたいのか⁉」

「いいえ。どんな理由があれ、人殺しは罪です。仕事だとしても、それは私が背負うべき罪なんです。私は、私が殺してきた人間の縁者が、私を恨んで殺しにきたら、それを受け入れようと、ずっと覚悟していたんです。それだけが、私が罪を償う唯一の方法である、と」

ルイは、ミミの言葉で毒気を抜かれた。

昨日の発言の真意が、正しく伝わってくる。

ミミの生き方について、理解が深まるごとに、違和感が大きくなっていく。

「なんかそれ、おかしくない？」

「何がおかしいのですか？」

「何が、なんだろう」

自分の母親を殺した仇なのに。

自分が殺す相手なのに。

なんでこんなにも、考えてしまうのだろう。

ミミのこと。自分自身のこと。

人助けに奔走するミミに付いていきながら、ルイは絶えず思考を巡らせたのだった。

DAY6

キイリング王国からヴィオス国へ一晩かけて渡ったミミは、休憩を挟まず動き続けた。

ある街では、隠れ家に置いておいた絵を引っ張りだし――。

「相変わらず素晴らしい絵だ。蝶をモチーフとした絵で、これほどのものを描ける画家はこの世界に一人もいまい」

「個展、開きたいんですけどね」

「本人に確認が取れない以上、仕方ない。こうして作品を発表してくれるだけでも、ありがたいことだ」

ミミは、ミシェルの画風を受け継ぎ、正体を隠したまま、ぽつぽつと絵を発表していた。

別の街でも――。

「また匿名研究者から、新たな論文が届いた！」

「すぐに読もう！」

エドガーの研究を引き継ぎ、論文を書き続けていた。

「おい！　新しい武器の設計図が届いたぞ！」

「どうせルシルの仕業だろ！　くっそ、あいつ、今どこにいるんだか」

ルシルの荷物の中に入っていた未完成の設計図を、少しずつ完成させて、ルシルの元職場に送っていた。

「オーナー！　お久しぶりです！　見てください！　新しい品種を作ることに成功したんですよ！」

「突然ですが、あなたにオーナーの立場を譲ります。好きに経営してください」

「えええええ⁉」

変装をし、経歴を詐称しながら、イザベルの園芸店を発展させてきた。

白薔薇園は、オーナーの意向で、当時のまま保たれている。

その白薔薇園で、ミミとルイは一息つくことにした。

「ここ、ターゲットが手入れしてた場所だっけ？」

ミミはここに来る前、ある程度イザベルの話をルイにしていた。

「イザベルさんのお気に入りの場所でした。どうしても遺したかったので、管理してもらってます」

「ふぅん。これは確かに、遺しておきたいって思える場所だな」

見事な白薔薇に、目を奪われるルイ。

ミミは、差し込む光に目を細めながら、淹れたての紅茶を口に含んだ。

「この一杯を飲み終わったら、次の場所に行きますよ」

「待て。その前に、訊いておきたいことがある」

警戒しながら、ミミが淹れた紅茶を一口ずつ飲んでいたルイだったが、一気に飲み干してそう言った。

「なんでしょうか」

「お前がどれだけ、自分が殺したターゲットのことを想っているかは、分かった。お前の言ってることも、分かるようになってきた。でもまだ足りない」

「私が話せることであれば、なんでも話しますよ」

「じゃあ教えろ。お前自身のことを。それが必要だ。ボクがお前を殺すために」

「いいですよ。では、茶菓子を用意しましょうか」

ミミは一度席を外し、甘味と新たなポットを携えて白薔薇園に戻る。

「なるべく手短に話しますね。この後、まだやりたいことが残っているので。——私は、物心ついた頃から、殺し屋組織にいました。組織の施設で育てられたんです。生まれつき感情が希薄でした。そのため殺し屋に向いていると見込まれて、他の子どもたちよりも負荷が大きい訓練を受けてきました」

「どんな訓練だったんだ、それ」

「まずは、弱い毒を少量摂取させられました。徐々に量が増えていき、強い毒に変わっていきました。そうやってあらゆる毒に耐性を付けました」

「それって、痛みとか、そういうのはなかったのか?」

「当然ありましたよ。丸一日苦痛で動けなかったり、出血が止まらず失血死しかけたり、感覚器に異常をきたしたり、幻覚を見たり……」

「も、もういい! それ以上聞きたくない!」

ルイは耳を塞《ふさ》いだ。想像してしまい、気分が悪くなったためだ。

「失礼しました。少々刺激の強い内容でしたね」

「いや、ボクから訊いたことだし。もう毒の話はこりごりだ。他の訓練は?」

「魔力の総量を増やすために、毎日、吐いて気絶するまで魔法を使い続けました。朝から晩までそうやって魔法を使いながら、教官たちとの戦闘訓練に明け暮れました。鎖骨など折れやすい骨が折れることは日常茶飯事で、訓練中の事故で命を落とすものもいました。魔力が完全に枯渇した後は、肉体の強化です。危険生物がはびこる山に放り出され、そこで一夜を明かすんです」

「そ、そんなの、普通の人間じゃ耐えられないだろ！」

「ええ。ですから、普通の人間から死んでいくんです。もちろん、組織としても人員が減るのは痛手なので、教官監視のもと、なるべく事故が起こらないようにしています。訓練中に死なないように、手術を受けさせられるんです」

「手術？」

「それを受けると、魔力を練りやすくなったり、筋繊維が強靭になったりします。その代わり、生殖能力を失うことになりますが」

「生殖能力って」

「子どもを産む能力ですね。男女ともにです」

ルイは絶句する。

あまりに自分の人生と違いすぎた。

あまりに痛々しかった。

あまりに壮絶だった。

「どうして、そんなことされて、組織に居続けられたんだよ」

「そんな生活が、私にとっての『普通』だったんです。人が死ぬような訓練をこなすのは当然で、人を殺すことも、組織の人間にとっては当然のことでした。情報を集める能力や、人を殺す能力が高い人間が優遇されるような環境でした。自分の環境や生き方に疑問を抱くことは一切《いっさい》ありませんでした。疑問を抱けるのは、外の世界を知っている者だけ。私たちは、知識として一般人の生活を知っているものの、実感がないため、真の意味で知ることはできないんです」

「でも、お前は知ったんだろ？　だから、ターゲットに寄り添えるんだろ？」

「ルースのおかげで、知ることができました。それをきっかけに、ターゲットと触れ合う度に、理解していきました。人の心を。知ってしまったから、余計に戻れなくなりました。私という生き物は、あまりに一般人とかけ離れている。それを自覚したんです。それに、考え方を、環境を変えたところで、私がしてきたことは消えない。ここから先は、以前話した通りです。いつか来る審判の日まで、私にしかできないことをする。一二歳の頃、ルースを殺したあの日からはじまり、一四歳の頃、元ボスのアルクを殺した日に完成した、私の生き方を、最期まで貫く。そんな想いで私は、善良な人間たちに交じって、呼吸をしてきました」

ミミは、最後の一滴を飲み下すと、席を立った。

「なんでお前、笑ってるんだ？」

「笑ってますか、私」

言われて確認する。確かに口角が上がっていた。

話している途中に、とあることに気付いたのが原因だろう。

ルイは、自分と同じことをしていた。
ターゲットに興味を持ち、ターゲットの人生を知ろうとする。
今の私は、紛うことなきターゲットだ。
自分のこれまでの人生を吐露していた時、悪くない気分だった。
死ぬ前に、走馬灯をじっくり鑑賞しているかのようだった。
死ぬ前だからこそ、こんなにも、自分自身を見つめることができる。
人生は、綺麗な走馬灯を見るためにあるのかもしれないと、ミミは思った。
私の走馬灯は、そのほとんどが真っ黒だけど、ところどころ、光っている部分がある。
それだけを、最期まで見つめていたい。
「変なやつ」
「よく言われます」
ミミは、ビニールハウスを出る前に、振り返って白薔薇園を目に焼き付ける。
本物の走馬灯を見る時、綺麗に再生できるように。

DAY7

最期に行く場所は決めていた。

時間が許す限り、自分が今まで殺してきた人間に対する弔いをしてきた。

ネモの墓参りはできなかった。本部に行けば、今の自分の状況がバレてしまうかもしれない。

アルクが眠っている洞窟にも行けなかった。時間が足りなかった。

それでも良かった。なぜなら、折を見て、両親のもとへは足を運んでいたから。

アメリア、ニイニ、デュオへの手紙をしたため、郵便局で手続きを行った。

デュオには、手紙の他に、レコードを送る。


さようなら。

直接言うことができなくて、ごめんなさい。

きっと私は、あなたたちのことを、愛していたのだと思います。


手紙に書けなかった想いは、吹きすさぶ風の中へと消えていく。

これでいい。伝えてしまったら、この世に留まる彼ら彼女らの負担になる。

猫は、死に際、飼い主の前から姿を消すことを、ミミは思い出した。

日没前に、目的地に辿り着く。

旅の終わりは、質素な佇《たたず》まいの教会。

ステンドグラス越しの夕日を浴びながら、教会の清掃を隅から隅まで行う。

綺麗にし終わった後、チャペルチェアの一つに腰かけ、肌身離さず身に着けていたサバイバルナイフを抜いた。

その瞬間、ミミの首筋に、ひやりと冷たい感触が訪れる。

「何をする気だ」

「ただ磨くだけですよ。このサバイバルナイフは、二人分の形見なんです」

「そういうことは先に言え」

ルイは、ミミの首に押し付けたナイフを鞘におさめた。

ミミはルイの接近に気付けなかった。

ルイと戦っても、すぐに殺される。

そうか。もうすぐ自分は、殺されるのか。

自分でも、鼓動が速くなっているのが分かる。

これまでのターゲットたちも、きっとそうだったんだ。

最終日。こんな死の恐怖に耐え、自分らしく旅立った彼ら彼女らが、どれだけ強い心を持っていたのか、今になって分かった。

私も、そうありたい。

ミミは、これまでの自分の人生を振り返りながら、サバイバルナイフを磨いた。

ひたすら鍛え続けた幼少期。
ルースと出会って変わり始めた生活。
アルクを殺して歩み始めた自分の道。
一六年。短かったとは思わない。
自分にできることをやってきた。いつだって、死を受け入れる準備はできていた。
殺してきた人間は、いつか誰かに殺される。
そんなこと、考えなくても分かる。
だって、まさに自分がそうしてきた。
誰かを殺した人間を、殺してきた。
この結末は、自然なこと。
ミミは、息を整えた。
磨き終わったサバイバルナイフを、革製の鞘に差し込む。
ミミは教会の外に出て、シロの墓の前に立った。
シロ。いえ、エヴァ。
私も、あなたのように、笑って殺されることができるでしょうか。
どうか、力を貸してください。
目を閉じ、心の中で、そう祈る。

日が落ちてゆく。じきに夜がやってくる。

ミミは墓の前から離れ、教会の出入り口の前に移動した。

振り返り、後ろにいたルイと目を合わせた。

「やりたいことは、やり終えました」

「そ、そうか」

「ルイ。私を殺す準備は、できましたか？」

「はぁ!? そんなの、最初からできてる！」

「嘘ですね。あなたは、私を殺すことをためらった。人を殺したことが、ないから。違いますか？」

「ためらってなんかない！　言っただろ！　お前と同じやり方をするためだって！　一週間の猶予を与えて苦しめるためだって！」

ミミは、じりじりと後退して、ルイと一定の距離をとる。

「では、その言葉が嘘ではないことを証明してください。あと数時間で、約束の一週間です。もう私の方は、準備ができています。あとは、あなたがやるだけなんです」

ミミはそう言いながらサバイバルナイフを抜き、戦闘態勢をとった。

ミミの構えを見て、ルイも即座にナイフを抜く。

「やってやるさ！　お前は母さんの仇なんだ！　ボクが、ボクが、やらなきゃいけないんだあああ！」

ルイは焦っているのか、隠密魔法を使わず、身体強化魔法のみで突っ込んできた。

ミミは、戦闘の構えをとることで、ルイに発破をかけただけ。

ルイが迫ってくる。ナイフが閃《ひらめ》く。

さぁ、自分の死を受け入れよう。

私が殺した人間。その人間に縁のある人間が、恨みを持って殺しにきた。

その場合、殺し屋として背負ってきた罪を、自らの死によって清算しようと思っていた。

今がその時だ。

そうやって、覚悟していたのに。

ミミは隠密魔法と身体強化魔法を併用し、ルイの攻撃をいなした。

なんで私は、生きようとしているんだろう。

アルクに相打ち覚悟で突っ込み、渓流に呑み込まれた時もそうだった。

生物としての本能。これまで死なないように訓練してきた身体に染み付いた機構。

なぜ理性がそれらに勝てない。

命なんて、いつでも手放していいって思ってたのに。

夢を見る。

ルースに出会う前に殺してきた人間や、これまでのボス案件で殺してきた人間が、こちらを睨んでいる夢を。

何も考えずに殺していた頃は、一切見なかった。

『一週間後、あなたを殺します』

そう言うたびに、人の心を知っていくたびに、夢を見る頻度は高くなっていき、今は毎日見るようになった。

死ねば、それを見ずに済む。

ターゲットを手にかける時の罪悪感も、感じずに済む。

生きていても、良いことなんて、何も――。

不意に、大事な人たちの顔が頭に浮かぶ。

ニイニ。アメリア。デュオ。

会いたい。話したい。一緒にご飯を食べたい。

そうか。私は、時が来たら『死ぬべき』だと思っていただけで、『死にたい』とは思っていなかったんだ。

『《悪魔の衣》《ディアボルス・ドレス》』

ルイにさえ感知されない、完全隠密魔法。

それを使って、ルイの無力化を図る。

これまでに何十人も殺してきたのに。

それでも生きたいだなんて。
なんて醜い。なんて情けない。
葛藤に苛まれながら、ミミはサバイバルナイフをルイに向けた。
瞬間、ルイの姿が消え、一切感知できなくなった。
命の危機によってルイは冷静さを取り戻し、全力を出したのだ。
こうなれば、時間制限のあるミミが不利。
数秒後、《悪魔の衣《ディアボルス・ドレス》》が解けた。
通常の隠密魔法では通用しない。
瞬く間にルイに取り押さえられ、喉元《のどもと》にナイフを突きつけられた。
どんなに足掻こうと、力の差は埋められない。
負けた。今度こそ、死ぬ。殺される。
ミミは、振り上げられたナイフを見つめた。
刀身に、自分の顔が映る。
眼帯に覆《おお》われた左目と、金色の右目。
もし、天国と地獄なんてものがあるのなら、私は間違いなく地獄行き。
地獄にはきっと、私と同じ罪を背負った人たちがいる。
アルク。ネモ。エヴァ。

早く会いたい。

かけがえのない、あなたたちに。

「お父さん、お母さん、エヴァ――」

きっと、あの世でなら、普通の家族になれるよね。

今、いくよ。

ミミは目を閉じ、その瞬間を待った。


――いくら待っても、その瞬間は、訪れなかった。

目を開けると、首に到達する寸前でナイフが止まっていた。

「なぜ、殺さないいんですか」

「……お前の、せいだ」

ルイは、荒くなった息を鎮めるために、何度も息を吸い込む。

「そうです。あなたの母親が死んだのは、私のせいです」

「違う！　そういう話じゃない！　お前がこの一週間、ボクに見せてきたお前の生き方のせいだ！　何も、何も知らなければ、ボクはお前を殺せていたのに！　なんでそんなに、人間らしいんだ！　なんで、殺し屋なんかやってるんだ！　どうして、こんなことになっちまったんだ！　お前みたいな心の持ち主が、なんで、こんな……」

ルイは、歯を食いしばりながら、涙を浮かべていた。

「私の、生き方のせい、ですか」

「お前のこれまでの人生を、知ってしまった！　考え方も！　ボクの母さんは、お前に殺されたんじゃない。お前の組織に殺されたんだ！」

「いえ。手にかけたのは、間違いなく私です」

「そうだけど、そうじゃない！　お前だってさ、お前の言うところの、『環境さえ違えば道を踏み外さなかったであろう人』じゃないか！」

「私、が？」

「お前は、殺し屋組織に育てられてなかったら、両親が殺し屋じゃなかったら、きっと、人殺しなんてしていなかった。それどころか、この一週間みたいに、多くの人を助けるような生き方をしていたはずだ！」

「仮定の話をしても意味はありません。私は、たくさんの人を殺してきました。あなたの、母親も」

ルイは頭を振って、涙を散らす。

「ああそうだ。お前がボクの母さんを殺した事実は消えない。たとえ環境のせいだったとしても、許すことなんてできない」

「じゃあ、やっぱり私を殺すべきなんじゃないですか？」

「いいや、殺さない。お前を許さないために、許す」

ルイはこの一週間で、ミミの生き方を見ながら、ずっと考えてきた。

殺すことが、仇を討つことになるのかどうかを。

「それは、どういう意味ですか？」

「ボクがお前を殺したら、お前と同じ人殺しになる。そんなことさっと、母さんは許さない。人殺しの罪なんて、背負ってやるもんか」

ミミはその言葉に、衝撃を受けた。

死を受け入れること、即《すなわ》ち、その死をもたらす人間に、人殺しの罪をかぶせること。

「それにお前、言ったよな。ボクみたいな人間に殺されることが、罪を償う唯一の方法だって。ボクはそうは思わない。なんで死ぬことが償いになるんだ」

「それは……」

「『償う』の定義なんて人それぞれだろ。お前は『死』が償いだと思ってるけど、ボクは違う」

ルイは、ミミを突き飛ばした。

予想外の出来事に、ミミは受け身を取ることすら忘れ、尻《しり》もちをつく。

「許さないために、罪を償わせるために、お前を生かす。生きることを許す」

「私は、殺されなくても、いいんですか？」

「その代わり、殺し屋として生きることは禁止だ。お前さ、言ってたよな。殺し屋をやめられないって。一般人として生きることなんて許されないだの、殺してきた人たちに申し訳が立たないだの。そんなのな、知るかってんだ！」

ルイは、ミミを見下ろしながら言葉を続ける。

「この先の人生、お前は一般人として過ごせ！　それで、この一週間やってきたような、人助けをし続けろ！　これまでたくさんの人を殺しておいて、自分だけがのうのうと生きて、善人みたいに人助けをするなんて、苦しいだろ！　その苦しみを感じながら、生き続けろ！　殺した分だけ、人を助けろ！　それがお前の贖罪だ！」

ルイに宣告された贖罪の内容に、ミミは目を見開いた。

私は、殺すことでターゲットに罪を償わせることができると思ってきた。

今もそれは正しいと思っている。

間違っているなんて、思えない。思うことは、許されない。

それを認めてしまったら、これまでのターゲットの死が無駄になる。

私のやり方は間違っていなかった。

間違っていなかったが、こんな、別の方法もあったんだ。

ルイは、持っていた武器を全部投げ捨ててから、ミミに背を向けた。

「二度と会うことはないだろうな。殺し屋としてのお前は、もういないんだから」

じゃあな。元殺し屋。

そう言い残したルイは、一度たりとも振り返ることなく、沈んでいく夕日の中に消えていった。

何時間も、ミミはその場で固まったままだった。
夜の闇《やみ》の中で、ルイの言葉を、何度も咀嚼し、飲み込んだ。
死を受け入れようと思ったのに、生かされてしまった。
許さないために、許されてしまった。
ミミの目から、大粒の涙が零れ落ちた。
大声で泣いた。
声を上げて泣くことなんて、はじめてだった。
泣き疲れては意識を失い、目が覚めて、また泣いた。
そんなことを、朝日が顔を出すまで、繰り返した。
朝焼けに目を細めながら、ミミは立ち上がる。
決心した。
ルイに言われた通りに、生きることを。
これまでの生き方を、捨てることを。
罪を背負ったまま生き続けることが、私にとっての罰。

ミミは、大切な人を思い浮かべながら、心の中で呟いた。

私はまだ、そちらに行けないようです。もう少し、待っていてください。

ミミはまず、猫耳フードの中の手裏剣を抜き取り、投げ捨てた。次に、尻尾《しっぽ》のような紐《ひも》も。

サバイバルナイフ以外の、隠し持っていた武器の全てを、手放した。

朝日を浴びながら一人、ミミは歩き出す。

決意に満ちたその顔は、どこか晴れやかだった。


今日もこの世界のどこかに、音もなく現れる。

猫耳フード、左目を覆う眼帯。

金色の右目が印象的な少女が。

そして、助けた人の前で、こう言うのだった。

「《汝の旅路に幸あらんことを》《Bon Voyage》」

終わり

あとがき

ミミは、私にとって特別なキャラクターです。

受賞し、デビューするまで、多くの物語、キャラクターたちを描いてきました。

私は一つの作品を何度も書き直すというよりは、書き終わったらすぐ応募して次の作品にとりかかるタイプでした。

そのため、応募のたびに作品とお別れしなければなりません。

しかし、『一週間後、あなたを殺します』を書き終わって、次の作品を書きはじめても、この物語は、ミミは、ずっと私の心の中に色濃く残ったままでした。

だからでしょうか。特にこの続編は、自分が書いた、というよりは、ミミに書かされたな、と感じたセリフが多いです。ミミが言ったセリフを書き起こしているだけ、みたいな、不思議な感覚にとらわれました。

これから先もきっと、ミミは私の中に存在し続けるでしょう。

読者の皆さまの心にも、ミミや、彼ら彼女らが、一片でも残ってくれたら、それほど嬉しいことはありません。

私にとって特別な作品に賞を与え、デビューさせてくださったGA文庫編集部の皆さまへ、改めて感謝を。

私の物語を深く理解し、更に良くなるようアドバイスをくださった担当編集の及川さんにも、格別の感謝を。

私の頭の中にしかいなかったミミを、この世界に映してくださった、あるてら先生。感謝してもしきれません。

この本の出版に携わってくださった皆さまに、心からのありがとうを。

私は、幸せ者です。

こうして、大切な作品を、無事送り出すことができました。

書きたかったこの物語の終わりを、書ききることができました。

小説は、受け取ってくださったあなたがいて、はじめて完成します。

ここまで読んでいただき、最後のピースを埋めていただき、ありがとうございます。

それでは皆さま、お元気で。

あなたの未来が、明るいものでありますように。

祈りを込めて。

「《汝の旅路に幸あらんことを《Bon voyage》》」

ファンレター、作品の
ご感想をお待ちしています

〈あて先〉

〒105-0001
東京都港区虎ノ門2-2-1
SBクリエイティブ（株）
GA文庫編集部 気付

「幼田ヒロ先生」係
「あるてら先生」係

本書に関するご意見・ご感想は
右のQRコードよりお寄せください。

※アクセスの際や登録時に発生する通信費等はご負担ください。

https://ga.sbcr.jp/

一週間後、あなたを殺します
—Bon Voyage—

発　行　　2025年1月31日　　初版第一刷発行

著　者　　幼田ヒロ
発行者　　出井貴完

発行所　　SBクリエイティブ株式会社
〒105-0001
東京都港区虎ノ門2-2-1

装　丁　　AFTERGLOW

印刷・製本　中央精版印刷株式会社

ISBN978-4-8156-2632-7
Printed in Japan　　GA文庫

試読版は

こちら!

プロジェクト・ニル

灰に呑まれた世界の終わり、或いは少女を救う物語

著：畑リンタロウ　画：fixro2n

GA文庫

四天王最弱の自立計画　四天王最弱と呼ばれる俺、実は最強なので残りのダメ四天王に頼られてます

著：西湖三七三　画：ふわり

GA文庫

「クク……奴は我ら四天王の中でも最弱」

人間たちは魔大陸四天王の一人目、暗黒騎士ラルフすら打倒できずにいた。しかも、驚異の強さを誇るラルフは、四天王最弱であるというのだが、実は——

「いい加減、お前らも戦えよ！」「無理じゃ、わしらは殴り合いの喧嘩さえしたことがないんじゃぞ！」　じつはラルフ以外は戦ったことすらないよわよわ女子たちなのだった！　自分ばかり戦わされる理不尽に耐えられなくなったラルフは、他の四天王にも強くなってもらおうと説得を試みるも全戦全敗⁉　ラルフは諦めずにあの手この手で四天王を育成しようとするのだが——？　四天王最弱（実は最強）の主人公による、ダメダメ四天王たちの自立計画が今始まる！

第18回 GA文庫大賞
GA文庫では10代～20代のライトノベル読者に向けた魅力溢れるエンターテインメント作品を募集します！
創造が、現実《リアル》を超える。
イラスト／りいちゅ
大賞賞金300万円＋コミカライズ確約！
◆募集内容◆
広義のエンターテインメント小説（ファンタジー、ラブコメ、学園など）で、日本語で書かれた未発表のオリジナル作品を募集します。希望者全員に評価シートを送付します。
※入賞作は当社にて刊行いたします。詳しくは募集要項をご確認下さい。
全入賞作品を刊行までサポート!!
応募の詳細はGA文庫公式ホームページにて
https://ga.sbcr.jp/